僕らは英雄になれるのだろうか 2
Author
鏡銀鉢
Illustration
motto

親善試合を控えた
大和の前に
「お前みたいに仲間を犠牲にするやり方を、
俺は認めない！
俺の大事な仲間を傷つけた
お前を俺は許さない！」
草薙大和
くさなぎ・やまと
望月宇兎
もちづき・うさぎ

「……仲間仲間と、暑苦しいやっちゃな。
チームワーク？
そんなもん、一人で勝たれへん
弱者のたわごとやろ？」
炭黒亜墨
すみぐろ・あすみ
関西校首席、
炭黒が現れる――！

I Wonder if
Can We Be
HEROES

CONTENTS

僕らは英雄になれるのだろうか 2

I Wonder if Can We Be HEROES

Author
鏡銀鉢

Illustration
motto

第一章　勝負とは強い者が勝つのではない。勝利への道筋をつけた者が勝つのだ

「関西高校との親善試合をします！」

アメリアが移籍してきた翌週の月曜日。

朝のホームルームで、教卓の後ろに立つ浮雲真白《うきぐもましろ》が突然言い出した。

今日もにこやかな笑顔を崩さない長身イケメンの担任に、生徒である草薙大和《くさなぎやまと》が尋ねた。

「親善試合って、俺ら一年生がですか？」

「はい！」

後ろで一本に束ねた長い水色の髪が揺れるぐらい大きく頷《うなず》いて、真白《ましろ》はピンと人差し指を立てた。

「シーカースクールは皆さんが通うこの関東校の他にもいくつかあります。そして、我が関東校は毎年四月に互いの新入生同士を競わせる親善試合を関西校と行っているのです」

まるで観光ガイドさんのように楽しげに語りながら、真白《ましろ》は教室にそろう生徒一人一人の顔を見回した。

「ルールは単純。代表者五名が互いに戦い、先に三勝した学校が優勝旗を持ち帰ります。去年は関西校が勝ったので、優勝旗は向こうが持っています。なので、私たちの手で優勝旗を頂いちゃいましょう♪　それで、代表者五名ですが」

「なら、代表は決まりね！」

ややや食い気味に声を上げたのは、栗毛《くりげ》の長いワンサイドアップが特徴的な小柄な美少女、御雷蕾愛《みかずちらいあ》だった。

大和《やまと》とは同郷で、地元の期待を一身に背負う天才少女だ。

「だってうちのトップ5って言ったらまずＬＩＡ《リア》、鬼龍院《きりゅういん》、アメリア、大和《やまと》、で、アタシの五人でしょ？」

気の強そうな紫電色の吊《つ》り目《め》を四人に向けて、彼女は自信たっぷりに不敵な笑みを浮かべた。

――当たり前のように自分をベスト5に入れてやがる……。

つい最近、自分とアメリアにボロ負けして反省した風だったのに変わらないなぁと、大和《やまと》は彼女の強気ぶりに呆《あき》れた。

ただ、弱気な蕾愛《らいあ》なんて見たくないので、変に落ち込まれるよりはずっといいと苦笑した。

「おい待てよクソ女！　なんでオレが入ってねぇんだよ！」

ドスを利《き》かせた声と共に立ち上がった男子は空上青広《そらうえあおひろ》。

名前とは裏腹に目つきが鋭くガラの悪い二丁拳銃使いだ。

けれど、負けん気の強さなら蕾愛《らいあ》も負けていない。

「はんっ、当然の抜擢《ばってき》でしょ？　ていうかアンタ誰よ」

「空上青広《そらうえあおひろ》だよクソ女がぁ！」

「アタシは未来の最強エースシーカー御雷蕾愛《みかずちらいあ》よこのクソ男が！」

「んだとゴルァァ！　オレ様を差し置いて最強名乗んじゃねぇッ！」

二人が席から離れて互いの中間地点で睨《にら》み合《あ》うと、真下に座っているプラチナブロンドの少女が、泣きそうな顔で頭を抱えていた。

確か、北欧のフィーランドから来た、ミンナ・スンマネンという珍しい名前の女の子だと思い出しながら、大和《やまと》は同情した。

「偉そうに言っているけど最大魔力値いくらよ？　言っておくけど、アタシは十二万よ！」

「ぐっ、五万五〇〇〇だ……」

普通は一万前後、三万で秀才、五万で天才と言われることを考えれば、驚くべき魔力値だ。

とはいえ、このクラスには最大魔力値三〇〇万のLIA《リア》と二〇〇万の鬼龍院刀牙《きりゅういんとうが》、それに五三万の大和《やまと》とアメリア・ハワードがいるため、誰も驚かなかった。

「あはは、なにアンタ、それっぽっちの魔力値で最強とか言っちゃってんのぉ⁉」

その言葉が何かの地雷を踏んだのか、空上《そらうえ》は激昂《げきこう》した。

「あぁん⁉　このド腐れド低能のドサンピンが！　ドタマブチ抜くぞ！」

空上《そらうえ》が腰の拳銃を抜いて構えると、蕾愛《らいあ》はストレージから身の丈大の大鎌を召喚して構えた。

銃口が額に、刃《やいば》が首筋に当てられる必殺の緊張感の下で、プラチナブロンドの美少女はガクブルに震えていた。

あまりに可哀《かわい》そうなので大和《やまと》が仲裁しようとすると、機先を制するように第三者が割って入った。

「待て！　それは正義ではないぞ！」

髪型から目鼻立ちまで、彼の全てから【勤勉】の二文字を感じる男子は騎場義士《きばよしと》。自己紹介で、死んだ後は人工知能となり人類を守る世界システムになるのが夢だと宣言して、大和《やまと》をドン引きさせた青年だ。

「我々は志を共にする正義の使徒、言わば同志ではないか！」

蕾愛《らいあ》と空上《そらうえ》からウザそうに睨《にら》まれても、騎場《きば》は空気も読まずに両目を見開いた。

「ここは公平に！　ジャンケンで決めようじゃないか！」

「フザケんじゃないわよ！」

「フザケんなゴルァ！」

騒ぐ三人に、眼鏡をかけた女子が立ち上がった。

「ちょっと男子！　静かにしてよ！」

「あたしは女子よ！」

——ちょっと男子ってフレーズ久しぶりに聞いたなぁ……。

ちなみに、蕾愛《らいあ》を男子とひとくくりにした眼鏡女子のファティマは長い黒髪のウエーブヘアーと褐色の肌が印象的な美人さんで、メロンをふたつ詰め込んだような胸をしている。

蕾愛《らいあ》の声に殺気がこもっているように感じるのは、大和《やまと》の気のせいではないだろう。

そうやって四人がギャーギャーと騒いでいると、ようやく真白《ましろ》が仲裁に入った。

「はいはい、ではお喋《しゃべ》りはそこまでにして。残念ですが代表者はもう決まっています」

——これをお喋《しゃべ》りって、器がでかいのか鈍いのか……。

必殺の剣呑《けんのん》さで威嚇しあっていた蕾愛《らいあ》と空上《そらうえ》に睥睨《へいげい》されながら、真白《ましろ》はひらひらと両手を振った。

「残念ですが今回、LIA《リア》さんと刀牙《とうが》くんはお休みです」

「はっ⁉　なんでよ？　悔しいけどうちの最強戦力でしょ？」

当事者二人が無反応な中、蕾愛《らいあ》が抗議した。

その抗議に、アメリアは無言のままムッとした。最強を自負するアメリアには、無視できない言葉なのだろう。

「だからですよ。LIA《リア》さんと刀牙《とうが》くんだと強すぎて絶対に勝ってしまう。得るモノがありません。せっかくの対外試合ですので、君たちの成長に繋《つな》げたいのです。代表は大和《やまと》くん、アメリアさん、蕾愛《らいあ》さん」

真白《ましろ》に名前を呼ばれて、大和《やまと》は学園を代表できることに誇らしさを感じた。かつては一芸馬鹿と言われた自分だが、成長したものだ。

同じく、名前を呼ばれた蕾愛《らいあ》はガッツポーズを取り、一方でアメリアは戸惑いを見せた。代表に選ばれるのはいいが、ＬＩＡ《リア》や刀牙《とうが》のような別格扱いを受けられなかったのが悔しいのだろう。

まだ名前を呼ばれていない空上《そらうえ》は身構えている。

「そして残る二名は勇雄《いさお》くんと宇兎《うさぎ》さんです」

「承知した」

「ふゃっ⁉　わ、わたし？」

勇雄《いさお》とは対照的に、望月宇兎《もちづきうさぎ》は背筋を伸ばして緊張した。反動で、ツーサイドアップにした月白色の髪が跳ねた。

「はい。君は最大魔力値こそ高いものの、金属魔術を上手《うま》く使うことに不慣れです。実戦で対応力を鍛えてください」

「で、でもあの、親善試合って確か大勢の人に見られるんじゃ……」

アルビノ特有の赤い瞳を泳がせながら、宇兎《うさぎ》はすっかり及び腰だった。

「会場は向こうですし、とりあえず関西校の全校生徒が見ますね」

「ふゃっ⁉」

トドメを刺されたように、宇兎《うさぎ》は固まった。

——宇兎《うさぎ》って性格明るいけど引っ込み思案なんだな。

内弁慶というか、顔見知りの前では元気だが、知らない人の前だと緊張するタイプなのかもしれないと、大和《やまと》は微笑《ほほえ》ましく思った。

「ちっ、やってらんね」

代表者から外された空上《そらうえ》は鼻白み、黙って自分の席に戻った。

蕾愛《らいあ》は上機嫌に席に戻り、プラチナブロンドの少女に平穏が戻ると、大和《やまと》はふと気づいた。

「あれ？　ていうか関東校の代表って俺らなんですか？　代表クラスの選抜試合とか」

「それは気にしなくていいです。だって——」

「納得できませんわ！」

真白《ましろ》の柔和な言葉を遮るように、新たな怒声が教室に響き渡った。

声の主は、アメリオン合衆国から来た金髪碧眼《へきがん》のエリート女子、アメリア・ハワードだった。

推薦生だけで固められた元一組最強の生徒であり、中学時代は魔術試合の州チャンピオンにもなった才媛だ。

縦ロールにした金髪を揺らしながら立ち上がると、アメリアは威厳のある青い瞳で、勇雄《いさお》を射抜いた。

「何故《なぜ》、我が校の代表に、魔力の無い凡民未満がいますの？」

アメリアの言う通り、獅子王勇雄《ししおういさお》には生まれつき魔力が無い。

これは魔術はおろか、魔力による肉体強化すらできないということだ。

家庭用電圧で感電死できるし、階段から転げ落ちても頭の打ちどころが悪ければ死ねる。

超人たちの闘技場には、どう考えても不釣り合いだろう。

まして、勇雄《いさお》を一撃で倒しているアメリアならなおさらだ。

「ワタクシ個人が勝利しても、他人のせいでチームが負ければ経歴に疵《きず》がつきますわ。いくら成長のためとはいえ、魔力も無い凡民未満ではみすみす負けにいくようなものですわ」

「つまり、私が力を示せば良いのだな？」

アメリアの居丈高な態度に、だが勇雄《いさお》は気を悪くした風でもなく、涼やかな声で穏やかに立ち上がった。

一八〇センチに達する長身の勇雄《いさお》だが、威圧感は微塵《みじん》もない。

まるで仏像、いや、ご神木が立っているような安心感さえ漂わせている。

対するアメリアも高貴な雰囲気をまとい、口調には品格が溢《あふ》れていた。

「再戦ですの？　日之和《ひのわ》人特有の玉砕精神、というやつかしら？」

「当たって砕けるほどやわではない。当たるならば貫くのみだ」

「言うは易《やす》く行うは難《かた》しとも言いますわね」

「貴君の言う通りだ。だが、私は蛇の尾をした龍《りゅう》ではない。試合はいつがいい？」

「ご安心を、一時間目が始まる前に終わりますわ」

「同感だ、一分で終わらせよう」

「一分は長すぎですわ。十秒で終わらせましょう」

二人の視線が鋭く交差すると、真白《ましろ》はみんなにグラウンドへ移動するよう指示した。

「勇雄《いさお》」

生徒たちが窓から次々に外へ跳び下りる中、彼のライバルであり友人である大和《やまと》は、勇雄《いさお》を呼び止めた。

「大丈夫なのか？　相手はアメリアだぞ？」

大和《やまと》の脳裏には、勇雄《いさお》がアメリアに一撃で敗北した、先日の光景が鮮明に浮かんでいた。

なのに、勇雄《いさお》はまるで恐れを知らない、不敵な笑みを返してきた。

「力量差を理由に見逃してくれる敵がどこにいる？　そも、弱者とは戦うまでもない。戦いとは、常に格上と相場が決まっている。違うか？」

あまりの頼もしさに、大和《やまと》は何も言えなくなってしまった。

同い年なのに、勇雄《いさお》には畏敬の念すら抱いてしまう。

自分もかくありたい。

そんな最大限の賛辞を心の中で呟《つぶや》きながら、大和《やまと》は勇雄《いさお》と一緒に外へ跳び下りた。

グラウンドで大和《やまと》たちクラスメイトが見守る中、勇雄《いさお》とアメリアは十メートルの距離を挟んで対峙《たいじ》した。

アメリアの手には黒いパルチザンが、勇雄《いさお》の手には刀身と柄が一メートルずつの刀である長《なが》巻《まき》が握られている。

クラスメイトは、その多くがアメリア優勢と見ているようだった。

「ねぇ大和《やまと》、勇雄《いさお》、勝てるかな？」

自信なさげに尋ねてきたのは、チョコレート色の髪をした、優しい顔立ちの青年だった。

蜂道蜜也《はちみちみつや》。

大和《やまと》と勇雄《いさお》の友達で、回復魔術を得意とするヒーラーだ。

友達想《おも》いな上に、虫やネズミにまで愛を注ぐ好青年であり、お菓子作りが趣味という女子力の高さを備えている。

「スペックだけなら、間違いなくアメリアだろうな」

「……」

蜜也《みつや》がしょんぼりと肩を落とすと、大和《やまと》は「けど」と話を続けた。

「なんでだろうな。まるで心配にならねぇ」

「大和《やまと》くんの言う通りです」

いつの間にか、蜜也《みつや》の隣に立っていた真白《ましろ》が、柔和な声で説明し始めた。

「たとえ勝てなくても戦う。先生はそういうのが大好きです。しかし、彼は勇敢と蛮勇の違いは弁《わきま》えています。少なくとも、一撃でやられることはないでしょう」

真白《ましろ》の言葉に勇気を貰《もら》ったのだろう。蜜也《みつや》は意気込むように表情をあらためると、勇雄《いさお》に熱いエールを送った。

大和《やまと》も、真白《ましろ》と同じ気持ちだ。

ただ、その一方でわからないこともある。

アメリアの水魔術は、全方位に死角が無い無双の全能魔術だ。

最大魔力差でゴリ押しできるＬＩＡ《リア》と鬼龍院刀牙《きりゅういんとうが》の二人以外の生徒が、彼女に勝てる姿が想像できない。

「では、行きますわよ！」

アメリアが空いた左手をかざすと、その手から直径一メートルの水弾が放たれた。

――ボイルドボムか！

沸点を遥《はる》かに超える過熱水の砲弾。ソレは何かに触れた途端に特大の水蒸気爆発を起こし、あらゆるモノを粉砕する大火力の爆裂攻撃だ。

前回、勇雄《いさお》はこの技に敗北した。

――かわせ！　お前の敏捷性《びんしょうせい》ならやれる！

ろした。

けれど、勇雄《いさお》は死の炸裂弾《さくれつだん》には一歩も退かず、上段に構えた長巻を電光石火《ひ》の早業で振り下ろした。

大和《やまと》が息を呑《の》んだ刹那、白刃《はくじん》が通り抜けたボイルドボムは、真っ二つに分かれて左右に方向転換した。

勇雄《いさお》の遥《はる》か背後の地面に落ちて水蒸気爆発を起こして、肌を打つ轟音《ごうおん》が大気を駆け抜けた。

白い煙柱を背景に、勇雄《いさお》は満足げだった。

「なん、ですの、今のは？」

目を丸くして声を震わせるアメリアに、勇雄《いさお》は平坦《へいたん》な声で語った。

「何、簡単なことだ。過熱水は水分子に振動を与えると一瞬で気化し、水蒸気爆発を起こす。なれば、対象を一切震わせることなく切れば良《い》いだけのこと。それは過冷却水も同じだ」

「ッ、そんなことができるわけがありませんわ！　物理的に不可能です！」

「と、言われてもな。大陸ではどうか知らないが、対象の分子結合に沿って負担をかけずに切ることは日之和国《ひのわこく》剣術の基本だ。生卵の殻を崩さずに切ることを目標に修行を始め、水面《みなも》に波紋を起こさず池を断つ。これを、刀線刃筋《とうせんはすじ》を正すと言う」

勇雄《いさお》のニヒルな笑みに、アメリアは美貌の眉間にシワを寄せて手をかざし直した。

「砲弾は切れても、水流ならいかがかしら⁉」

ホースの水を百倍にスケールアップしたような激流は、刀では防げない。

だが、勇雄《いさお》は口をすぼめた。

「ほぉ、伝導体をくれるとは助かる」

上空へ長巻を放り捨てた勇雄《いさお》の両手が、水流の頭を叩《たた》いた。途端に、アメリアが悲鳴を上げて背後に吹っ飛んだ。

水流は爆散して、周囲に一時的な土砂降りを降らせて役目を終えた。

――あれは過熱水じゃなかったのか。

考えてもみれば、全部繋《つな》がっている水流ではアメリアまで爆発に巻き込まれる。さっきのは、水圧で勇雄《いさお》を吹き飛ばすのが目的だったのだろう。

「空気越しに伝わる熱から水の温度はわかる。過熱水でも過冷却水でもないのなら、伝導体として利用するのみだ。衝撃が水を伝わる速度はマッハ五。音速の五倍で水流を放てば防げるぞ？」

「くっ」

アメリアは地面から飛び起きると、怒りに顔を歪《ゆが》めてパルチザンを振るった。

今度は、地面から水の触手が何本も生えて勇雄《いさお》に襲い掛かった。太さは、これまた直径一メートルはあるだろう。

――上手《うま》い。地面から生えていれば伝導体として利用されないし、常に形状を支配下に置いていれば切断されてもすぐ戻せる。いや、水量を増やせば元通りだ。

流石《さすが》は天才アメリア。

戦いの中で常に進化し、相手に合わせて最善の手を打ってくる。大和《やまと》は勇雄《いさお》の敵ながら感心せずにはいられなかった。

だが、対応力という点においては、兵法家である勇雄《いさお》は二枚も三枚も上手だった。

「ふむ、伝導体の次は足場までくれるのか？」

頭上から落ちてきた長巻をキャッチするのを合図に、勇雄《いさお》は水の触手目掛けて跳びかかった。

そうして、三角跳びのように触手を蹴り、反動で別の触手へ着地した。

「……？」

アメリアの口から、「はっ？」とも「へ？」ともつかない声が漏れる間に、勇雄《いさお》は水の触手を足場に彼女との距離を詰めた。

「どうした？　私の射程距離だぞ？　それともその槍《やり》は飾りか？」

「ッ⁉　貴方《あなた》、何者ですの⁉」

「飛べない鳥さ」

「クッ！」

アメリアはパルチザンの刃《やいば》に循環する水の刃《やいば》をまとわせながら二歩下がり、槍《やり》の間合いで勇《いさ》雄《お》に臨んだ。

アメリアのアクアソーは水のチェーンソー。

触れれば一瞬で対象を削り切るウォーターカッターであり、液体であるが故に刃こぼれはしないという、チートソードだ。

しかし、勇雄《いさお》は究極《チート》相手に基本《ベーシック》で挑んだ。

「無敵の刃《やいば》も触れなければ小枝と変わらないだろう」

一流の槍術家《そうじゅつか》を思わせるアメリアの流麗にして苛烈な槍撃《そうげき》の嵐は、だが勇雄《いさお》の体をすり抜けるばかりだった。

液体のようにやわらかく変幻自在の足さばきと体さばき、そして刹那の見切りによる紙一重の回避行動は、まるで水面《みなも》に映る勇雄《いさお》を貫こうとするような気持ち悪さを相手に与えるだろう。

「なん、ですの、これは⁉」

とある高名な空手家曰《いわ》く、より最小限の動きで避《よ》けるうち、回避が透過に変わったという。

勇雄《いさお》もまた、その領域にあるのだ。

「のらりくらりと逃げてばかり。戦士ならば戦いなさい！」

「何を言っている？　敵の刃《やいば》を防がずに避《よ》けるのは日之和《ひのわ》剣術の【基本】だぞ？」

大陸では重装甲の鎧《よろい》に身を固め、互いに肉厚な剣で打ち合うのが基本だが、日之和《ひのわ》国は違う。

刀の消耗を抑えるべく、敵の攻撃は防がず避《よ》ける。刀は防御ではなく攻撃にのみ使う。刀同士をぶつけ合う鍔迫《つばぜ》り合《あ》いはタブーだ。

槍《やり》が弾《はじ》かれるのではなく、空振ってばかりのアメリアは、やりにくくて仕方ないだろう。

チートがベーシックに敗北する現実に歯噛《はが》みしたアメリアは、チートに固執することなく次の手を打った。

「ならばっ！」

パルチザンの柄頭《つかがしら》で地面を打つと地面から濃霧が噴き上がり、大和《やまと》たちの視界から消えた。

――視界を奪われた。どうする勇雄《いさお》？

教科書通りなら聴覚に頼るところだが、アメリアもわざわざ物音を立ててはくれないだろう。

そう、大和《やまと》が音を意識すると、濃霧の中から舌打ちの音が聞こえた。

次の瞬間、濃霧が晴れた。

グラウンドには、白目を剝《む》いて仰向けに倒れるアメリアと、無傷で佇《たたず》む勇雄《いさお》の姿があった。

「勇雄《いさお》！」

思わず大和《やまと》が駆け寄ると、他の生徒たちも続いた。

「凄《すご》いや勇雄《いさお》！　あのアメリアに勝っちゃうなんて、本当に凄《すご》いよ！　でもどうやって？」

「反響定位だね。舌打ちの音の響き具合で、周囲の状況を分析したんだろ？」

興奮してまくしたてる蜜也《みつや》に答えたのは、勇雄《いさお》ではなくＬＩＡ《リア》だった。

蜜也《みつや》の恋人で、人間離れした美貌と長い赤毛、そして人工生物由来の牙が印象的な女子だ。

事件現場で犯人の当たりをつける名探偵のように鋭い声と表情に、勇雄《いさお》は嬉《うれ》しそうに頷《うなず》いた。

「察しがいいな。流石《さすが》だよ」

「ボクも使うからね。ただ、目の見えない人や、作られた存在であるボクの聴覚ならともかく、人間の聴覚でよくできたね」

強者が相手の実力を認めるような不遜さで、ＬＩＡ《リア》は勇雄《いさお》を見据えた。

「魔力が無いからな。魔力戦闘以外の全てを修めるしかなかった」

「それでアメリアより強くなるとか、凄《すご》いとしか言えねぇよ。語彙力なくなるわ」

大和《やまと》に続いて、クラスメイトたちは惜しみない賛辞を贈るも、勇雄《いさお》は首を横に振った。

「いや、私よりもアメリアのほうが遥《はる》かに強い。もしも彼女が必殺のタイダルウェイブなどの面制圧をしてきたら私の負けだった。今回、勝てたのはアメリアが私のことを侮《あなど》っていたから。そして面制圧攻撃を使われる前に私が短期決戦に持ち込み成功しただけのことだ」

勝っても驕《おご》ることも誇ることもしない、勝って兜《かぶと》の緒を締める様は、まるで百戦錬磨の老将の風格だった。

誰もが勇雄《いさお》の語りに聞き入ると、彼は説法をする僧侶のような口調で続けて言った。

「才能で負けている人がいくら努力しようと天才よりも強くはなれないのかもしれない。だが、勝負とは強い者が勝つのではない。勝利への道筋をつけた者が勝つのだ。そうですよね、先生」

勇雄《いさお》が首を回すと、視線の先で真白《ましろ》はニッコリと笑いながら、ぐっと親指を立てた。

「はい、その通りです。覚えていてくれて、先生は嬉《うれ》しいですよ」

その時、アメリアが眩暈《めまい》に耐えるように頭を手で押さえながら上半身を起こした。

そんな彼女にゆっくりと歩み寄ると、勇雄《いさお》は穏やかな声で語り掛けた。

「感謝する。貴君のおかげで液体対策ができた。今後、私は液体使いにも臆せず立ち向かえる。今回は策を弄して勝ちを拾ったが、面制圧対策ができたら、また戦ってくれ」

そう言って手を差し伸べるも、アメリアは応えず、険しい表情で立ち上がった。

過程はどうあれ、彼女の言う凡民未満に負けたことが許せないのだろう。

——勇雄《いさお》の言う通り実力はアメリアのほうが上だし面制圧攻撃一発で勝てるんだから気にしなくていいと思うんだけどなぁ。

だが、それでも許せないのがエリート故の高いプライドなのだろう。

自身への怒りと失望が入り交じった表情で、アメリアは勇雄《いさお》たちから顔を背けた。

その表情が一瞬、涙をこらえているようにも見えて、大和《やまと》は同情してしまった。

嫌みな声が割って入ったのは、大和《やまと》がアメリアに声をかけようとした時だった。

「おやおや、どこの誰かと思ったら浮雲《うきぐも》か！　一時間目にグラウンドを使うのは我々一年二組のはずだが？」

スポーツ刈りでガタイのいい、体育会系然とした男性は、一年二組の担任だ。

——確か、牛田《うした》とか言ったっけ？

彼の背後に並ぶのは、【特待生】だけで固められた、一組の生徒たちだろう。【推薦生】だけで固められた一組の生徒たちは皆、いかにもいいところのお坊ちゃまお嬢ちゃまといった雰囲気だった。

それに引き換え、二組の生徒もお坊ちゃまお嬢ちゃま風はいるものの、半分ぐらいは牛田《うした》同様、いかにも体育会系然とした生徒たちだった。

コネで入学した一組の生徒とは違い、二組の生徒は御雷蕾愛《みかずちらいあ》と同じく、各地の入学試験大会で好成績を収めた、生粋の戦士たちだ。

いずれも、確かな実力を持った強者ぞろいだろう。

「これは牛田《うした》先生失礼しました。すぐに場所を空けますね。ささ、教室へ戻りましょう」

「まぁ待て。まさかとは思うが貴様、関西校との親善試合に出る気じゃないだろうな？」

「出ますよ」

あっけらかんと答える真白《ましろ》を、牛田《うした》は鼻で笑った。

「やれやれ、空気の読めない男だ。エースの北条《ほうじょう》が負け、ハワードを失った一組が辞退するのは聞いているだろう？　ならば、今年の関東校代表は、我ら二組に決まりだ」

——一組は辞退するのか。まぁ次席の北条《ほうじょう》でさえ俺にストレート負けだし、恥かくだけか。

ぐっと大きな拳をかざして、牛田《うした》は自信満々に凄《すご》んでみせた。

「先日のアポリア騒動では、生徒みんなで撃退したとホラを吹いているらしいが、おおかたハワードに片づけさせたのだろうよ。言っておくが親善試合はあくまでもチーム戦だ。どんな手を使ったか知らんが、一組から奪ったハワード一人が勝っても意味はない！　その点！」

サイドステップで横に飛び、自身の生徒たちを手で指しながら、牛田《うした》は声を張り上げた。

「我が二組は各地の入学試験大会の優勝者、準優勝者を始めとする特待生ぞろいだ！　誰もが関東を代表する精鋭中の精鋭！　貴様のような裏口入学組とはモノが違うのだよ！」

裏口入学、という単語に、大和《やまと》は頭の奥が熱くなった。

入学式の日、一組の生徒にも言われたことだが、どうやら拾い上げの十組を見下す価値観は、二組も共通らしい。

その証拠に、生徒たちも同じ気持ちなのか、人を見下した眼差《まなざ》しでほくそ笑んでくる。

真白《ましろ》が才能を見出《みいだ》してくれて、父親が先祖伝来の山林を売り払ってまで入学させてくれたことを、卑怯《ひきょう》な裏口入学扱いされて、平常心でいろというほうが無理な話だった。

それでも、大和《やまと》は真白《ましろ》の迷惑にならないよう、理性を総動員して耐えた。

その一方で、窒素並みに沸点の低い、理性の欠片《かけら》もない女子がいた。つまりは蕾愛《らいあ》だ。

「何よアンタ！　いきなり出てきてどこの何様よ!?」

「おい落ち着けよ」

今にも殴り掛かりそうな勢いの蕾愛《らいあ》を脇の下からすくい上げて、大和《やまと》は彼女を止めた。

自分もイラついていた大和《やまと》だが、他人が自分以上に怒ると、不思議と冷静になれた。

「ちょっと放しなさいよ大和《やまと》！」

「はんっ、ヒステリックなところは変わらないな。お前には十組がお似合いだ！」

——そういえば蕾愛《らいあ》って元二組だっけ？　確か、七式《ななしき》の話だと担任と喧嘩《けんか》になって十組に来たって。

「それはこっちのセリフよ！　自慢げで嫌みったらしくて本当ムカつく！」

喧嘩《けんか》の理由を察した。

きっと、牛田《うした》が過去の栄光を自慢げに語ったり、生徒の手柄を自分の手柄のように話したに違いない。

——蕾愛《らいあ》の性格なら、いかにもつっかかりそうだな。

「じゃあな浮雲《うきぐも》。放課後の選抜試合ではせいぜい恥をかかせてやるよ！」

言いたいことを言うだけ言って、しかも真白《ましろ》たちがグラウンドにいることに文句を言っておきながら、牛田《うした》は真白《ましろ》たちに背を向けて、グラウンド中央へ向かった。

二組の生徒たちも、大和《やまと》たちに嘲笑するような視線を向けながら、牛田《うした》の後を追っていく。

それでも、真白《ましろ》はどこ吹く風だ。

「やれやれ、嫌われたものですねぇ、では教室に戻りましょうか？」

「いや、それよりも真白《ましろ》さん、選抜試合って、関東校の代表って俺らじゃないんですか？」

「はい。厳密には今日の放課後、希望クラス同士で争い、優勝したクラスが関東校の代表クラスになります」

何か問題でも？　と言わんばかりに、真白《ましろ》はわざとらしくあごに手を添えて首をかしげた。

「じゃあまずそっちに勝たないと駄目じゃないですか。てっきりこの前のアポリア騒動の功績か何かで俺らのクラスが代表に決まっているのかと思いましたよ」

これで代表クラスになれなければ、とんだぬか喜びだ。

他の生徒たちも、そうだそうだと文句を言う。

けれど、真白《ましろ》は余裕の表情を崩さない。

「あはは、大丈夫ですよ。代表クラスには絶対になれますから。関西校の生徒と違って、学園内の生徒は今後も戦う機会があるでしょうし、無理をせず、確実に勝っておきましょう」

自然、大和《やまと》たちの視線は、ＬＩＡ《リア》と刀牙《とうが》に向けられた。

◆

放課後。

大和《やまと》たちは学園内の青空競技場へと足を運んでいた。

周囲をぐるりと囲むスタンド席には、学園中の生徒が勢ぞろいしている。

地面を合成ゴムに覆われた一階競技場部分には、真白《ましろ》率いる一年十組、それから特待生だけで構成された二組と、二組から溢《あふ》れた特待生及び優秀な一般生徒で構成された三組、優秀な一般生徒で構成された四組、約八〇人が集まっていた。

二組、三組、四組の生徒は、誰もが十組の存在を侮《あなど》り、見下しているのが態度に表れていた。

客席に目をやれば、二年、三年の一組から四組の生徒たちも同じだった。

「なんだか、歓迎されていませんね」

大和《やまと》なりに言葉を選んだ感想を漏らすと、隣に立つ真白《ましろ》は説明口調で応えてくれた。

「心理学者曰《いわ》く、人は成功するほど共感性を失い、傲慢になるそうです。一般人を超えた超人的な戦闘力を持つシーカー、その中でもさらにエリートと呼ばれる存在になれば仕方がないのでしょう。まして、一年二年と経ればなおさらです」

言われてみれば、人生に成功した人が調子に乗って転落する話は枚挙にいとまがない。

この、調子に乗る、という感情の先にあるのが選民思想であり差別意識なのだろうと、大和《やまと》は頭が痛くなる思いだった。

調子に乗れるだけ成功したことのない大和《やまと》にはわからないが、一瞬、自分も強者になったら二組の連中みたくなるのか、と怖くなった。

そんな大和《やまと》の気持ちを察してくれたのか、真白《ましろ》はにこやかに笑った。

「ですが、とある調査によれば、真に頂点を究めるのは、成功してなお共感性を失わない、黄金の魂を持った人だそうです。私の父のようにね」

「……はいっ！」

その一言で、大和《やまと》は勇気とやる気を貰《もら》い頷《うなず》いた。

大和《やまと》が目指すのは真白《ましろ》の父親である浮雲秋雨《うきぐもあきさめ》のような最高のシーカーとなり、アポリアの脅威に怯《おび》える人々を救うことだ。

この気持ちがある限り、道を踏み外すことなどないと、大和《やまと》の胸は不動の自信に溢《あふ》れた。

「逃げずによく来たな浮雲《うきぐも》。では始めようか、我ら特待生と貴様ら裏口入学組の総力戦だ！」

息巻く牛田《うした》の声に合わせて、二組の生徒たち二〇人が前に進み出た。

彼らが競技場の中央、地面に引かれた白い円の内側に入ると、それぞれが思い思いの武器を構え、戦闘態勢に入った。

対する真白《ましろ》率いる十組はと言えば。

「ＬＩＡ《リア》さん」

「なに？」

「私たちを、親善試合に連れて行ってください」

「ＯＫ」

真白《ましろ》のお願いに、ＬＩＡ《リア》は無感動な返事をして、十組生の人垣から抜け出した。

途端に、二組生たちの顔色が変わった。

ＬＩＡ《リア》の姿は威容の一言に尽きる。

腰まで伸びた真紅のロングヘアーの艶は絹を超え、貴金属のような光沢さえ帯びている。

どの人種とも違う顔立ちはＣＧ映像と言っても通じるほどに恐ろしい美貌を湛《たた》えている。

バストとヒップは制服越しでも隠し切れないほどに豊満だが、彼女の美貌やスラリと長い手足と長身にあっては、不自然さをまるで感じない。

むしろ、一長一短であるはずのスレンダーとグラマーの長所のみを同居させた、異次元のプロポーションだ。

しかし、ここまでなら誰もがうらやむ絶世の美少女で済むのだが、二組生の目には明らかな警戒心が映っていた。

原因は、ＬＩＡ《リア》の眼《め》と口元だろう。

長いまつげに縁どられた切れ長の眼《め》は桜色の虹彩《こうさい》が僅かに発光しており、セクシーなくちびるを開けば、白く鋭利な二本の牙が覗《のぞ》いた。

「あいつが噂《うわさ》の……確か最大魔力値三〇〇万なんだよな？」

「んなわけないだろ。あんなのトリックに決まっているぜ」

「どこぞの生物兵器って聞いているけど、んなもん入学させせんなよ」

「暴走したらどうすんだよ？」

心無い言葉に、大和《やまと》は嫌な気持ちになった。

大和《やまと》の耳でも聞こえるなら、超常の聴力を持つＬＩＡ《リア》には、もっと多くの罵倒が聞こえているだろう。

彼女は相変わらず無関心だが、それが逆に、彼女の背中を寂しげに見せた。

「おいおいおい、お前一人かよキバ女」

異形の美女を前に、客席の生徒たちは恐れおののいていたが、二組生は違った。

「はんっ！　一人とかあたしらをバカにしてんの？」

「一人で戦えば負けても後で言い訳ができるってか？」

「それとも、お仲間から見捨てられちゃったかな？」

「噂《うわさ》だとお前、アポリアと人間のハーフらしいな」

「あー、それでか。誰だって【バケモノ】とは一緒に戦いたくねぇよなぁ」

その言葉を引き金に、ＬＩＡ《リア》の髪が揺らめき、みるみる伸びていく。

背中越しに伝わる怒気とはうらはらに、空に表示された特大のMR画面に映るＬＩＡ《リア》の表情は冷えわたり、絶対零度の冷たさにまで下がった。

その変化を、二組生たちはからかい対象を泣かせてやったいじめっこのように満足げな顔で楽しんでいた。

「同意だわぁ。だっていつ後ろから食われるかわかんないもん」

「ぎゃはは、言えてるぅ！」

「粋がるなよ……雑魚《ざこ》が」

いつもの無感動から一転、LIA《リア》は地を這《は》う虫が自分の靴に触れたような嫌悪感《けんおかん》をあらわにした。

LIA《リア》の挑発に、二組生たちは激昂《げきこう》した。

「粋がってんのはどっちだよ作りもんのバケモン！」

「何が最大魔力値三〇〇万だこのイカサマ野郎が！」

「アポリアのハーフだか知んねぇけどオレらシーカーの強さ知らねぇのか⁉」

「あたしらのいい練習台にしてやるわ！」

二〇人の生徒が武器を構えながら、一斉に一歩目を駆け出した。

瞬間、彼ら彼女らの体は音速で縦に潰れた。

いや、音速で、地面に顔面を叩《たた》きつけたのである。

ドチャッ、という水音と硬いモノが割れる音を鳴らすと、二〇人は赤い水たまりの上に四肢を投げ出し、動かなくなった。

競技場は静寂に包まれ、観客すら絶句していた。

「再生」

蜜也《みつや》と同じヒーラーであるＬＩＡ《リア》の髪が二〇人の頭上に伸びると、その毛先から淡い桜色の光が降り注いだ。

すると、二組生たちはむくりと起き上がり、白昼夢でも見ていたように呆《ほう》けた。

「ん？　あれ？　オレ、ら……」

「そうだ！　テメェ覚悟しろよ！」

「潰れろ」

正気を取り戻した二〇人は立ち上がり、また一歩を踏み出すと同時に、縦に潰れた。

体勢が崩れていたのか、顔面ではなく側頭部を地面に叩《たた》きつけている者もいるが、誰も動けないのは同じだった。

「再生」

二度目の再生でも、二〇人は状況が呑《の》み込《こ》めず駆け出そうとして、また潰された。

三度目の再生で、ようやく自分たちの置かれている状況を理解しようとして、だが現実逃避をするように否定的な声を漏らした。

「う、嘘《うそ》だろ？　特待生相手にここまで」

「そうだみんな！　これはあいつの幻覚だ！」

「なるほど、催眠魔術ってことだな」

「よし、行くぞ！」

「雑魚《ざこ》が」

四度目の超重力に、二〇人は一斉に潰れた。

それから……。

「再生……潰れろ……再生……潰れろ……再生……潰れろ……再生……潰れろ……」

二〇人の特待生が無様に圧潰と再生を繰り返す悪夢のような光景に、観客の顔からは徐々に血の気が引き、担任の牛田《うした》でさえあごを震わせていた。

何度目かの再生ののち、手を休めたＬＩＡ《リア》は寒烈なる悪魔のような眼差《まなざ》しで尋ねた。

「で？　あと何回死にたい？」

その一言で、二組生たちは悲鳴を上げ、武器を捨てて逃げ出した。

その様は、人間の生き死にを自在に操る冥王を前にした哀れな亡者《もうじゃ》も同然だった。

牛田《うした》はすっかり意気消沈し、その場にへたり込んだままうわ言を漏らし、動かなかった。

外円で棒立ちになりながら膝を震わせる三組生と四組生、その担任は青ざめた顔で、しどろもどろになりながら真白《ましろ》に降伏した。

「さ、三組は辞退する」

「よ、四組も、です」

十組のみんなは拍手で喜んだ。

大和《やまと》は拍手を送るも、喜び以上にLIA《リア》の規格外ぶりに呆《あき》れてしまう。

——ほんと、LIA《リア》が味方で良かったよ。

自称最強の蕾愛《らいあ》と空上《そらうえ》は、完全に頬《ひ》が引き攣《つ》っていた。

冥府の女王を彷彿《ほうふつ》とさせる深淵《しんえん》な雰囲気をまといながら、LIA《リア》は踵《きびす》を返《かえ》した。

LIA《リア》の動きに合わせて、髪の毛が空間に真紅の尾を引きながら本来の長さに戻り、彼女の周囲を舞った。

その様は、まさに世界を破滅させ終えた冥王のソレだった。

だが。

「LIA《リア》!」

蜜也《みつや》が心配そうな声をかけると、妖しく光る桜色の瞳が半月を描いた。

「あ、ハニー♪　どう？　ボクの戦い見てくれた？」

スイカ大のバストを揺らしながら跳び上がると、そのままLIA《リア》は重力の縛りから抜け出して、蜜也《みつや》の元までワイヤーアクションよろしく飛び込んできた。

「ちょっ、LIA《リア》!　わぷ!」

LIA《リア》は蜜也《みつや》の上半身に四肢を回して、いわゆる【だいしゅきホールド】と呼ばれるハグの仕方をした。

蜜也《みつや》の顔面は特大の豊乳に埋没しきって、くぐもった絶叫が湧き続けている。

りなんだからぁ♪」

「え？　なになにハニー？　ＬＩＡ《リア》大好きＬＩＡ《リア》いますぐ結婚して？　もう、ハニーは欲しが

——確実に言っていない！

「えっ？　子供の名前はボクらの名前からとってミリアにしよう？」

そこで、蜜也《みつや》は真上を向いて水面から顔を出すようにして、ようやく息継ぎができた。

「ぷはっ！　いや、そうじゃなくて、やりすぎだよＬＩＡ《リア》。死屍《しし》累々《るいるい》じゃないか」

「むぅ、ボクじゃなくて向こうの心配？　ハニーはボクのハニーなのにぃ」

幼子のように、ぷくぅっと頰を膨らませるＬＩＡ《リア》に、蜜也《みつや》は困り顔でまくしたてた。

「ＬＩＡ《リア》の心配をしているんだよ」

「ボクの？」

小首をかしげる。

「そうだよ。あんなことしてＬＩＡ《リア》が怖がられたら損じゃないか」

「別にいいよ。あんな奴《やつ》ら」

ぷいっと、ＬＩＡ《リア》がすねた子供のように顔を背けると、蜜也《みつや》は弱り果ててしまう。

けれどすぐに、彼女は素敵な微笑を浮かべた。

「でもそっか、ボクのこと心配してくれたんだ。ありがと」

「〜〜〜」

蜜也《みつや》の頬が赤みを増すと、LIA《リア》はその反応を楽しむように小悪魔めいた笑みを浮かべた。

「キスする?」

「ッッ〜⁉」

蜜也《みつや》の顔が限界まで赤くなり、いっぱいいっぱいのところで声を絞り出した。

「あとで、部屋でなら……」

「照れてるハニー可愛《かわい》い♪」

「ッッ〜〜〜〜〜〜〜〜……」

LIA《リア》から逃げるように、蜜也《みつや》は顔を下ろした。自然、彼の顔面はLIA《リア》の豊乳に溺れることになるが、蜜也《みつや》の顔が浮上することは無かった。

彼女の表裏の激しさに、大和《やまと》は口角が引《ひ》き攣《つ》った。

◆

ややあって、競技場から生徒や教員たちが撤収する中、大和《やまと》たちはフィールド中央に集まっていた。

「では皆さん、これで正式に我々が東西親善試合の代表クラスになったわけですが、油断は禁物です」

──そりゃ勝ったのはLIA《リア》だしな。

とは思っても言わない大和《やまと》だった。

「だって勝ったのはLIA《リア》のおかげだもんね」

──宇兎《うさぎ》って身内には辛辣だよな。そしてさりげなくLIA《リア》の隣を位置取りしているのは対比で自分の胸を小さく見せるためかな？

「事前情報によると、今年の関西校には最大魔力値の日本高校記録である九万を大幅に更新した生徒がいるそうですからね」

「ん、それって俺やアメリア、鬼龍院《きりゅういん》やLIA《リア》みたいな奴《やつ》ってことですか？」

「ええ。少なくとも、いざとなれば出力差でゴリ押しすればいい、なんて甘い考えは捨ててください」

と、真白《ましろ》は大和《やまと》とアメリアの二人の顔を見比べながら言い含めてきた。

「では、もう放課後なので本日はこれで解散としますが、このまま残って練習するのは自由です。先生は職員室にいるので、何かあったら来てください」

そう言い残して、真白《ましろ》も撤収した。

生徒たちも半分以上は帰り、大和《やまと》たち代表生徒五名や、補欠の座でも狙っているのだろう、蕾愛《らいあ》と張り合っていた空上《そらうえ》や、正義馬鹿の騎場《きば》は競技場の端で自主トレを始めた。

──さて、俺らも練習するか。

そう大和《やまと》が意気込んだ矢先、突然アメリアが手を叩《たた》いた。

「いいですか皆さん！　戦う以上は全戦全勝！　これは絶対です！」

「随分やる気だな？」

「当然ですわ！　このアメリア・ハワードに敗北など許されません。たとえそれが、チーム戦であってもです！」

大きく胸を張りながら、アメリアはいつも以上に表情を引き締め演説口調で声を張り上げた。

「そのため、皆さんには親善試合までの一週間、放課後の訓練の他、朝の訓練もして頂きますわ！　我がチームの汚点とならないよう、心してかかりなさい！」

「朝練はいいけど、なんでお前が仕切っているんだよ。リーダーでもないのに」

「そうよ。偉そうに！」

大和《やまと》が眉根を寄せると、蕾愛《らいあ》も怒気を込めて抗議した。

「リーダーですわ。だって、ワタクシがこの中で一番強いのですから」

語気を強めて、アメリアは揺るがない自信を込めて断言した。

「大和《やまと》と蕾愛《らいあ》は二人で組まなければワタクシに勝てませんし、勇雄《いさお》は彼自身が口にしたように奇策で勝ちを拾っただけ。初めて戦う関西校に通じるとは思えません。宇兎《うさぎ》さんに至っては、実力不足なのに選ばれた論外民で前回、アポリアに一撃で負けたそうですわね」

「そ、それは……」

宇兎《うさぎ》が言《い》い淀《よど》むと、同じく一撃で敗北した勇雄《いさお》はぐうの音も出ないと言った風に押し黙った。

とはいえ、二人を倒したアポリアは最強のシーカーにして真白《ましろ》の父親、浮雲秋雨《うきぐもあきさめ》をコピーした、上級アポリアだ。

たとえアメリアでも、一撃とはいかなくても負けただろう。

「わかったら、せいぜいワタクシの足を引っ張らないよう励むように。ただでさえ、貴方《あなた》がた凡民と同じチームというだけでも屈辱なのですから、これぐらいは役に立ってもらわないと困りますわ！」

正直、アメリアの物言いに、大和《やまと》は腹が立った。

アメリアは、元から選民思想の強い高飛車お嬢様だった。

けれど、大和《やまと》と蕾愛《らいあ》のコンビに敗北して、自ら望んで十組に来た時は、てっきり改心したものだと期待していた。

が、どうやら事情が違うらしい。

とはいえ、ここで言い争っても、親善試合ではいい結果にならないだろう。

ならばと、大和《やまと》はアメリアを利用することにした。

「なら、訓練に付き合ってくれよ。お前相手に一人で善戦できれば、文句ねぇだろ？」

「お断りですわ。ワタクシは己を鍛えるためにこのクラスに移籍したのであって、貴方《あなた》がた凡民を鍛えるためではありませんわ。真白《ましろ》先生に指導をお願いしに行きます」

まるで話を打ち切るように鋭く踵《きびす》を返《かえ》して、アメリアはツカツカと足早にその場を後にした。

「なによあいつ？　全戦全勝とか言っておきながら矛盾してるじゃない！　ここんとこ負けっぱなしでイラついているからって、アタシらに当たらないで欲しいわね」

蕾愛《らいあ》に続いて、蜜也《みつや》が声を濁した。

「う～ん……でも、今日はいつも以上に当たりがキツイよね。初めて会ったときはもっと、品格みたいなのがあったと思うんだけど……」

二人の言葉に、大和《やまと》は少しアメリアの気持ちを考えた。

「もしかして、怖いんじゃないか？」

蕾愛《らいあ》たちの視線が、大和《やまと》に集まった。

「ほら、あいつ、合衆国じゃ州チャンピオンだったんだろ？　自分が一番なのが当たり前で、なのに魔力値で鬼龍院《きりゅういん》やＬＩＡ《リア》に負けて、俺と蕾愛《らいあ》にタッグバトルで負けた。ここまではいい。実戦じゃ自分のほうが強い、二対一だから負けても仕方ないって言い訳ができるからな」

だけど今朝、致命的なことが起こった。

「けど勇雄《いさお》にタイマンで負けて、怖くなったんだよ。本当に、自分は最強なのかって」

「はぁ？　でもさっきあいつ自身で言っていたじゃない。奇策で勝ちを拾っただけって」

蕾愛《らいあ》が理解に苦しむと、宇兎《うさぎ》が顔を上げた。

「自分に言い聞かせていただけ、とか？」

大和《やまと》は頷《うなず》いた。

「そうだ。自分は俺らとは違うって信じたくて、自分に言い聞かせているんだ。やたらと【凡民】を強調するのがいい証拠だ」

以前の蕾愛《らいあ》がそうだった。本当は大和《やまと》のほうが強いのがわかっていたから、その恐怖から逃げるために、彼女は大和《やまと》のことを【一芸馬鹿】とことさら罵り続けたとは、蕾愛《らいあ》自身の談だ。

「訓練を手伝ってくれないのも、練習試合で俺らに負けるのが怖いのかもな」

頂点を究めた人間は、転落を恐れる。

だからチャンピオンは戦わない。

戦わなければ、チャンピオンの名誉を保てるから。

一見するとズルいが、エリート社会で生きてきたアメリアにとっての転落は、それこそ凡民以上に重たいものなのだろう。

「やれやれ、人間は面倒くさいねぇ」

「まぁな。面倒くさいんだよ、人間は。だけどあいつのあの態度、なんとかならないかなぁ。同じクラスなのにこの先もずっとあれじゃ気分悪いし、連携してアポリアと戦う時とか、絶対支障出るだろ」

毒づくＬＩＡ《リア》に同意した大和《やまと》が悩むと、不意に宇兎《うさぎ》が的外れなことを呟《つぶや》いた。

「……大和《やまと》って優しいよね」

「優しいって、なんだ、急に？」

「だって大和《やまと》、あんなに酷《ひど》い態度取られたのに怒るんじゃなくて心配するんだもん。わたしだって、ちょっとカチンと来ちゃったのに」

「いや、俺だって怒っているぞ。凡民とかエリートとかあいつは何時代の何様だよ。いまは二〇六一年だぞ？」

慌てて大和《やまと》が怒りのジェスチャーを取ると、宇兎《うさぎ》はくすりと笑った。

「そっか。じゃあ大和《やまと》、早く訓練しよ。アメリアの代わりに、わたしが付き合うから」

わたしが付き合う、というフレーズに大和《やまと》はドキリとした。

宇兎《うさぎ》にその単語を使われると、色々と意識してしまう。

「おう、頼む」

「うん。じゃあ、前は鋼鉄の作り方を覚えてもらったから、今日は超硬合金の作り方だよ」

ぴこん、と人差し指を立てると、宇兎《うさぎ》は眼鏡の位置を直すようなエア仕草をしてから、先生口調で話し始めた。

——可愛《かわい》い。

「あのね、超硬合金は人工的に作れる一番硬い金属で、用途によって種類は様々なの。大和《やまと》の場合はヒートマチェットソードだから、熱に強い炭化タングステンをベースに、コバルトや炭化チタン、炭化タンタルなんかを混ぜたものがいいと思うよ」

「わかった」

それから、超硬合金の詳しい製法を聞きながら、大和《やまと》はマグマに含まれる金属成分のみを手の平に生成した。

熔鉱炉《ようこうろ》から溢《あふ》れ出《だ》したように、オレンジ色に煌々《こうこう》と光る液体の成分を調整しながら、大和《やまと》は刀鍛冶が金属を叩《たた》いて伸ばし、二つ折りにしてからまた叩《たた》いて伸ばす、折り返し鍛錬をイメージした。ちなみに、脳内刀鍛冶の役は、宇兎《うさぎ》が担《にな》っている。

宇兎《うさぎ》に鋼鉄の作り方を教えてもらった時、彼女が両手に金鎚《かなづち》を持ちながら謎のダンスを披露したせいで、変なイメージが固まっている。

すると、何度目かのチャレンジで、大和《やまと》は満足のいくマチェットを作れた。

「よし、出来た！」

生成したマチェットソードを大和《やまと》がかざすと、宇兎《うさぎ》は手を合わせて喜んでくれた。

「大和《やまと》凄《すご》い、凄《すご》いよ大和《やまと》。こんなに早く超硬合金を作れちゃうなんて。やっぱり才能あるんじゃないかな？」

「そ、そうか？　宇兎《うさぎ》の教え方が上手《うま》いんじゃないか？」

大和《やまと》は頬をかきながら照れ笑いした。

他人の成功を、まるで自分のことのように喜んでくれる。

やっぱり、宇兎《うさぎ》はとてつもなくいい子だと思う。

一瞬、主に付き合いたい、という邪念が頭をよぎって、大和《やまと》は諸々《もろもろ》の雑念と共に振り払った。

わざわざ修行をつけてくれている彼女にそういう感情を抱くのは、失礼な気がした。

だけど、宇兎《うさぎ》の笑顔は見れば見るほど魅力的で、つい、いつまでも眺めたくなってしまう。

「？　わたしの顔に何かついてる？」

「あ、いや！」

どうやら、いつの間にか凝視していたらしい。

慌てて誤魔化すように、大和《やまと》はツーサイドアップを作るリボンに注目した。

「そのリボン、ウサギみたいで可愛《かわい》いなって」

「あ、これ？　幼稚園の時にね、お父さんが買ってくれたんだ。ウサギのリボンって商品名だから、わたしと同じ名前だねって」

そういって、宇兎《うさぎ》は嬉《うれ》しそうにリボンについている白くて丸いふわふわに触れた。

その姿も、これまた可愛《かわい》くて、惚《ほ》れそうになる。もっとも、すでに惚《ほ》れているのだが。

すると、今度は宇兎《うさぎ》がまばたきをして、じっと大和《やまと》のことを凝視した。

「あれ？　大和《やまと》、もしかしてこれ、折り返し鍛錬してる？」

「ん、そりゃしたぞ？　他にも焼き入れとかな」

今までは、鉄に折り返し鍛錬をして鋼のマチェットソードを作ってきた。

だから今度は、超硬合金に折り返し鍛錬をして、マチェットソードを作った。

「わぁ、もう次のステップに来ちゃったんだ。教え子が優秀過ぎると先生困るなぁ」

宇兎《うさぎ》は、ちょっとつまらなさそうに大和《やまと》のわき腹を指で突いてきた。

親善試合に出ることを恥ずかしがるくせに、こういうところはノリが良《い》い。

「はは、悪いな。けど、ひとまずこれで戦力強化ができたな」

「うん。融点の高いタングステンが主原料だから熱には強いし、モース硬度は九。鋼鉄を傷つけられる石英のモース硬度が七だから、ほとんどの物質は切れるよ」

「そりゃ頼もしいな」

「だけど硬すぎるせいでちょっと割れやすいから気を付けてね」

「ならば和刀の構造を真似《まね》るか？」

興味深そうな顔で口を挟んできた勇雄《いさお》が、背中の布袋から愛用の長巻を開帳した。

「和刀の構造ってなんだ？」

「うむ、和刀は刀剣類最強にして折れず曲がらずよく切れるとは言われているが、その秘密は世界でもっとも複雑な製造工程にある」

そう前置きして、勇雄《いさお》は長巻の刀身を例にして、滔々《とうとう》と語り始めた。

「金属は炭素の含有量に比例して硬くなる一方で割れやすくなる。だから和刀は、柔らかい鉄を硬い鉄で挟み込み、外側を硬く、内側を柔らかくしている。これにより硬い外側が切る、刺す、削るといった攻撃を防ぎ、柔らかい内側が叩《たた》く、打つなどの衝撃を吸収して、刀身が割れるのを防いでいる」

「いいとこ取りじゃねぇか。和刀ってそんなに複雑な構造していたのか？」

「それだけではない。刀身の峰にさらにやわらかい鉄を付けることで、斬撃時の衝撃を受け流している。これを、【四方詰め】と言う。さらに加熱した鉄を水で急冷することで内側への収縮力が働き割れにくくなる。火山の力を使えるなら水は使えるな？」

「ああ。アメリアみたいなことはできないけどな。出すだけなら」

宇兎《うさぎ》が小声で「温泉」と言ったけど、今は無視した。

彼女に温泉を出して欲しいと言われたら絶対に断れないし、きっとよくない想像をしてしまう。

「これは急冷することで金属がマルテンサイト構造になるからだが、貴君なら最初からこの構造の状態を作れるのではないか？」

「やってみる」

勇雄《いさお》に言われるがまま、大和《やまと》はデバイスでマルテンサイト構造について調べてから、マチェットソードを作り直した。

タングステンが主原料の超硬合金を折り返し鍛錬のイメージで鍛えながら、炭素含有量は峰、内側、外側、刃ごとに変える。そして最後に、デバイスで調べたマルテンサイト構造になるよう調整した。

そうしてできたマチェットソードは、今までにない出来だった。

凄味《すごみ》、とでも言えばいいのか、何か言いようのない壮観さがあった。

「よし、じゃあ大和《やまと》、さっそくアタシと模擬戦してみる？」

言って、蕾愛《らいあ》は意気揚々と大鎌を構えたが、LIA《リア》が横やりを入れた。

「いや、それじゃ脆《もろ》すぎる。ボクが相手になるよ」

表情は無感動に、けれど、声にはどこか興が乗った響きがあった。

蜜也《みつや》がちょっと驚いた顔をした。LIA《リア》が自ら他人に関わろうとするのが珍しいのだろう。

LIA《リア》の赤い髪が一房立ち上がると、三メートル以上も伸びながら、その先端が金属質の刃《やいば》に変貌した。

赤い刃《やいば》はコンマ一秒で加速を終えて、真紅の閃《ひらめ》きが大和《やまと》に襲い掛かった。

「破ッ！」

気合一閃《いっせん》。

大和《やまと》は満身の力を込めながら、マチェットソードで紅の斬撃を弾《はじ》いた。

金属音を響かせながら、硬質な衝撃と重機のようなパワーに大和《やまと》の手首と肘に痛みが走った。

だけど、マチェットの刃は無傷だった。

空中に赤い線が煌《きら》めき、魔力へと雲散霧消していく。

LIA《リア》は自身のヘアーを見つめ、感嘆の息を漏らした。

「へぇ……強いじゃん」

「お前に褒められると自信がつくよ」

何せ、最大魔力値三〇〇万、天才を超えた神才だ。

そのLIA《リア》に、わずかでも届きうる力を手に入れられて、大和《やまと》は誇らしかった。

大和《やまと》が安堵《あんど》の息をつくと、蜜也《みつや》が嬉《うれ》しそうに空間からタッパーを取り出した。

「さっきから魔術の使い通しで疲れたんじゃない？　はい、疲労回復にはレモンのはちみつ漬けだよ。みんなも食べて」

「おう、ありがとうな」

「頂こう」

「へぇ、アンタ気が利《き》くじゃない」

「やった、蜜也《みつや》って本当に料理上手だよね」

「ハニーのハチミツは世界最高品質だからね」

──なんかいいな、こういうの。

仲間の強力で強くなって、仲間と同じものを食べて感情を共有する。

そのことが幸せで、大和《やまと》はこの学園に来て良かったと思う。

中学の頃も、大和《やまと》の夢を応援してくれる友人たちがいた。

入学試験大会に落ちた時、彼らは大和《やまと》の代わりに泣いてくれた。

——やっぱり、仲間って大事だよな。

ふと、アメリアの態度が気にかかった。

大和《やまと》は彼女の生まれや気持ちは知らない。

だけど、彼女が他人を凡民と罵り拒絶する態度は、やっぱり問題だと思った。

◆

一週間後の月曜日。

真白《ましろ》率いる一年十組の十九人は、関西校のある奈良県行きの新幹線に乗り込んでいた。

「ハニーはボクの上ね♪」

「え？　隣じゃなくて？　おわっ」

LIA《リア》は窓際《まどぎわ》の席に座ると、髪を操作して蜜也《みつや》を膝の上に抱き寄せた。

長身のLIA《リア》と小柄な蜜也《みつや》の身長は同じぐらいで、蜜也《みつや》はなんとかLIA《リア》の上に乗れた。

背後からLIA《リア》に抱きしめられ、四肢を髪で固定されて、蜜也《みつや》は顔を真っ赤にして慌てた。

「あの、LIA《リア》、当たっているんだけど……」

「ん～、何が当たっているの？　ちゃんと口で言ってくれないとわからないなぁ」

「うぅ、だ、だからぁ……」

蜜也《みつや》は赤面をうつむかせてしまう。

その反応を味わうように、LIA《リア》はにやにやと嗜虐的《しぎやくてき》な笑みを浮かべて楽しんでいた。

——蜜也《みつや》って将来苦労しそうだなぁ。

「いくら好きだからって、よくあそこまで猫かぶれますよね」

シートに座りながら大和《やまと》が呆《あき》れると、隣に座る真白《ましろ》が自身のあごをひとなでした。

「ふぅむ。猫かぶり、ですか。それはちょっと違いますねぇ」

「何が違うんですか？」

普段は無関心無感動なくせに、好きな男の前では猫のように無邪気に甘えまくり、邪念のかたまりであるセクハラ攻撃をかます。

これが猫かぶりでなくてなんなのか、大和《やまと》には理解できなかった。

「はい。猫かぶりとは演技ですが、LIA《リア》さんの態度は全て本音ですから」

「？」

「大和《やまと》くんは、【個人】ではなく【分人《ぶんじん》】という単語を聞いたことがありますか？」

「いえ」

「人は相手と状況によって気分が変わって当然。そのひとつひとつが分人《ぶんじん》で、その集合体が個人を作る、という考え方ですね。大和《やまと》くんだって、部屋で一人でいる時、家族といる時、友人といる時、好きな女の子と一緒にいる時では態度が違うはずですし、機嫌も影響します。教師である私に敬語を使っているのが最たる例ですね」

「それは、まぁ……」

「つまり、普段の冷徹な彼女が本性で、蜜也《みつや》くんの前で演技をしているのではありません。蜜《みつ》也《や》くんのことが大好きでテンションが上がり、彼を信頼して気が緩んでいるから甘えているだけです」

言われて、宇兎《うさぎ》のことを思い出した。

初対面の彼女は腰が低い小市民然とした少女で、今回の親善試合では知らない人たちの前で戦うというだけで恥ずかしがった。

その反面、真白《ましろ》に対しては意外と辛辣なことを言うし、コンプレックスであるバストサイズを小さく見せる為《ため》なら意外とアクティブに動くし、呼び捨てにしている大和《やまと》たちの前ではけっこうノリが良《い》い。

——そっか。ならあれは、それだけ俺らに気を許してくれているってことか。

そう思うと、なんだか嬉《うれ》しかった。

——宇兎《うさぎ》が俺に強気に接してくれるのは、俺を信頼しているからなんだ。

通路を挟んだ隣の席を見やると、宇兎《うさぎ》がこれでもかと弱気な顔だった。

「いや、何があったんだよ？」

「コイツ、すっかりビビっちゃってんのよ」

宇兎《うさぎ》の隣に座る蕾愛《らいあ》は、への字口だった。

「だってぇ、もしもわたしが負けてそれでうちの学校が負けたら。あの先生、やっぱり今からでもLIA《リア》に交代できませんか？」

身を縮めて、宇兎《うさぎ》はすっかり逃げ腰だった。

けれど、真白《ましろ》は優しく、迷える子羊を導く伝道者のように穏やかな声で首を横に振った。

「勝つ必要はありません。大事なのは勝敗ではなく、そこから何を学ぶかです。世の中には勝利の百倍も価値のある敗北だってあるんですよ」

慈愛に満ちた言葉に、けれど宇兎《うさぎ》の不安は拭えなかった。

「でも、わたしのせいでみんなが負けちゃったら悪いし」

真白《ましろ》はあごに拳を添えて、考えるそぶりを見せた。

「ふむ……つまり宇兎《うさぎ》さんはチームの為《ため》に勝ちたいのですね？」

「それはそうですよ」

「なら、私と約束をしましょう。絶対に勝つって」

「え？」

きょとんとまばたきをする宇兎《うさぎ》に、真白《ましろ》はいつものように、ぴこんと人差し指を立てた。説明モードに入るという、意思表示だろう。

「約束とは信頼です。この人なら約束を守ってくれると信頼しているから約束をするんです。私は、宇兎《うさぎ》さんならきっと勝つと信頼していますよ」

「ちょっ、そんな一方的に期待されても困りますよ！」

「はい。ですから宇兎《うさぎ》さんが受けてくれないならこの約束は不成立です」

当然の抗議を、真白《ましろ》はあっさりと呑《の》み込《こ》んだ。

でも、だからこそ彼女の緊張を解きほぐし、じっくりと考える時間を与えたのかもしれない。

宇兎《うさぎ》は一瞬、目を丸くしてから視線を落として黙考した。

そうして、きりっと眉を上げた顔を向けた。

「はい。約束します」

やる気に溢《あふ》れた声に、真白《ましろ》は満足げに頷《うなず》いた。

「期待されると頑張れるのは君の美徳ですよ。では、指きりげんまんです。嘘《うそ》ついたら一週間オヤツ抜きですよ」

──罰が可愛《かわい》い⁉

同時に、他人の期待に応えようとする宇兎《うさぎ》はいいやつだなと思った。

中学では、見なかったタイプだ。

「安心しなさい宇兎《うさぎ》。アンタが負けたらむしろアタシの強さが引き立って好都合よ」

「え、あ、うん？」

蕾愛《らいあ》を見ていると特にそう思う。

◆

関西校のある奈良市外れの駅で降りると、真白《ましろ》は駅周辺の地図を眺めた。

「ふーむ、このあたりは飲食店が豊富ですねぇ」

感心してから、みんなの注目を集めるように手を叩《たた》く。

「では皆さん、各自好きな場所で昼食をとってから関西校へ行くように。ただし、本格的な観光は明日にしてください。十四時までには関西校へ集合ですよ」

真白《ましろ》の指示に、みんなは少しテンションを上げながら、三々五々、散らばった。


三〇分後。

代表者である大和《やまと》、勇雄《いさお》、宇兎《うさぎ》、蕾愛《らいあ》、それに蜜也《みつや》とＬＩＡ《リア》の六人は、駅周辺の和食店に入り、好きな料理を注文した。

ちなみに、団体行動ができないアメリアは、駅でそうそうにどこかへ行ってしまった。

多くの観光客が利用する駅の周辺だからだろう。店内には土産物屋が展開されていた。

料理が来るまでの間、ヒマだった大和《やまと》は、中を物色した。

やはりというか、奈良だけあって、大仏やお寺、鹿に関係するグッズやお菓子が多い。

その中で、大和《やまと》は桜色のリボンに目を留めた。

普段、宇兎《うさぎ》が愛用しているリボンによく似ている。彼女のリボンから、白くて丸いふわふわを外せば、こんな感じだろうか。

パッケージの説明曰《いわ》く、縁結びの春日大社《かすがたいしゃ》に咲く桜をイメージしたものらしい。

東京の桜であるソメイヨシノは色が薄くて、白に近い。

けれど、リボンはキレイな薄ピンク色で、いかにも桜色、という感じがした。

――宇兎《うさぎ》のリボンもだけど、やっぱり桜色って言うならこうでなくちゃな。

――宇兎《うさぎ》がつけたら、似合うだろうなぁ……。

普段の白くて丸いふわふわのついたリボンも可愛《かわい》いが、幼稚園の頃からの愛用品だけあり、子供っぽくもある。

その点、以前のデザインを踏襲しつつ、ふわふわのないこちらのリボンは、良《い》い意味でちょっと大人びた印象で、高校生の宇兎《うさぎ》にはぴったりだと思った。

◆

五〇分後。

昼食を終えた大和《やまと》たち六人は、関西校を目指して奈良市内の大通りを歩いていた。

「なんか、思っていた街並みとは違うな」

「そうねぇ」

大和《やまと》の感想に、蕾愛《らいあ》も同意した。

古都奈良、とは言っても今は二〇六一年。

古民家はほとんどなく、クッションコンクリートで舗装された地面の上には、現代風のビルが建ち並んでいる。

中には、やたらと曲面の多い、近未来的な建物も見える。

建築法の厳しい日之和国《ひのわこく》でも、十年前からようやく3Dプリンタ建設が認可されたおかげだろう。

古色蒼然《こしょくそうぜん》とした建物は、観光スポットでないと、お目にかかれないのかもしれない。

「ちょっと残念だけど、明日はたくさん観光しようね」

「だ、だな」

宇兎《うさぎ》に笑顔を向けられて、大和《やまと》は硬い声を返した。

愛想笑《あいそわら》いを浮かべながらも、制服である白ランの内ポケットを意識してしまう。

今更ながら、自分でも何を血迷ったのかと思うが、あのリボンを購入してしまっていた。

——何をやっているんだ俺は。宇兎《うさぎ》とは付き合っているわけでもないのに。

ただのクラスメイトから突然プレゼントなんてされたら、きっと怖いだろう。むしろ気持ち悪いだろう。

いくら思春期とはいえ、宇兎《うさぎ》の気持ちも考えず何を一人で暴走しているんだと、大和《やまと》は情けない気持ちで自省した。

「待って」

突然声をかけられて大和《やまと》はビクリとするも、それは自身へ向けられたものではなかった。

ＬＩＡ《リア》が冷徹な視線を鋭く空へ向けると、蜜也《みつや》の腕から手を離して髪を揺らめかせた。

「来るよ」

闘争心を帯びた声を合図に、数本の亀裂が空に走った。

市内の人々は慌てて逃げ出して、一部の人は悠長にその場にとどまりながら、頭上に撮影アイコンを表示させていた。

いわゆる、迷惑系投稿主と言われる人だろう。

彼らのせいでシーカーの活動が妨げられるのだが、向こうは向こうで、避難する権利はあっても義務はないだとか主張するので、解決は困難を極めている。

空間の孔《あな》は手前にひとつ、大通りの奥に五つ、計六つだ。

十字路を走る自動車は半分が一斉に加速して離れていき、もう半分は一斉に停止して、滑らかな動きでバック走していく。

7G通信で周辺の車両の自動運転システムに干渉し、避難行動をさせているのだろう。

歩道にはMR映像の矢印が表示されて、避難誘導してくれる。

宇宙からアポリアが飛来してきたばかりの頃は、誰もが恐怖で外に出ず巣ごもり状態だった。

現在、人々が普通に外を出歩けるのは、徹底した避難システムの発展と精神的な慣れによるものだ。

「ボクは奥の五か所を担当するから、手前のは任せたよ」

勝手に、だが反論の余地がない采配を下すと、LIA《リア》は弾丸のような勢いで飛んで行った。

「よし、俺らも行くぞ」

皆が頷《うなず》き、それぞれの武器を展開した。

蕾愛《らいあ》は身の丈大の大鎌をストレージから取り出し、勇雄《いさお》は背中の布袋から長巻を開帳し、蜜《みつ》也《や》はビーハイブと言う名の異空間から刃の生えた手甲を召喚して、宇兎《うさぎ》は全身の各部に白銀の装甲とラウンドシールドを構築してから、白ランのポケットから剣のグリップを取り出した。

「なんだそれ？」

大和《やまと》が超硬合金のマチェットソードを生成しながら尋ねると、宇兎《うさぎ》は自信たっぷりにグリップから剣身を構築した。

「装備科に頼んで作ってもらった高周波グリップだよ。剣身の部分はわたしがダマスカス鋼で作って、刃が折れるたびにわたしの魔術で交換できるから、消耗を考えずに戦えるの」

ダマスカス鋼の証《あかし》であるマーブル模様の剣身に、大和《やまと》はつい感心してしまう。

「そりゃいいな」

シーカーの武器に使われる複合合金よりも、伝説の金属であるダマスカス鋼のほうが強い。だから、今まで宇兎《うさぎ》は魔術で作ったダマスカスソードを使っていた。

しかし、強度は申し分ない反面、高周波の切断力は得られなかった。

その点、高周波機構を備えたグリップにダマスカスブレイドを構築すれば、強度と切断力を両立させつつ、武器破壊を恐れず、敵に打ち込める。

「大和《やまと》、雑魚《ざこ》は私に任せろ。貴君はネームドを頼む」

「ちょっと、ネームドはアタシによこしなさいよ！」

「手柄よりも市民の安全を優先しろよな」

言いながら、大和《やまと》たちは駆けだした。

有事の際、シーカースクールの生徒はプロシーカーが到着するまでの間、アポリアを足止めし、市民を守ることが推奨されている。

入学したての大和《やまと》たちは無視してもいいのだが、彼にそんな選択肢は最初から無い。

まして、倒さず足止め程度で済ませられるほど、つつましい性格でもない。

大和《やまと》たちは自身の得物を振るい、次々アポリアたちを掃討していった。

一体、マネキンのような姿ではなく、立派な西洋甲冑《かっちゅう》に身を包んだアポリアが紛れていた。

過去に存在した特定の英雄の情報をコピーした、ネームドと呼ばれる上位アポリアだ。

その強さはピンキリだが、最低でもプロシーカー並みだ。

周りに逃げ遅れた人はいない。

蕾愛《らいあ》は離れた場所にいる。

なら、こいつを自分の力を試す試金石にしようと、大和《やまと》は二本のマチェットソードを過熱して振るった。

ネームドの西洋剣と打ち合うたび、向こうの剣身は削れていく。

一方で、大和《やまと》のヒートマチェットソードは無傷だ。

──よし、ネームドにも通じる！

激しい打ち合いの中で、大和《やまと》は敵の剣を跳ね上げ隙を作ると、背中と足の裏から噴火のジェット噴射をした。

ヴォルスターで急加速した大和《やまと》の速度にネームドは対応できず、マチェットソードはネームドの胸板に深く突き刺さった。

「デトネイション！」

その言葉を合図に、マチェットソードが噴火した。

体内から噴火の熱と衝撃波をモロに受けたネームドは上半身が爆散。絶命した証《あかし》に、残る下半身も雲散霧消していく。

熱波が冷めゆく中、大和《やまと》はその光景に軽い達成感を覚えた。

仮に、今のが雑魚《ざこ》ネームドでも、自分の力はネームドに通じうる。

その証明が誇らしかった。

しかし、大和《やまと》がガッツポーズを取ると同時に、不穏な破砕音がして背筋が凍り付いた。

振り返ると、宇兎《うさぎ》の頭上に巨大な孔《あな》が開いた。

そこから、彼女を包囲するように一〇〇体近いアポリアが一斉に降り注いだ。しかも、ネームドが多数混じっている。

「宇兎《うさぎ》！」

ヴォルスターによるジェット噴射で高速移動しながら、大和《やまと》は攻め手に悩んだ。

――あの数なら爆炎系、でもそれじゃ宇兎《うさぎ》を巻き込む。一体ずつ切り倒していたらアポリアが拡散して逃げるかもしれない。溶岩の壁で周囲を囲むか？　いや、ネームドの身体能力なら跳び越えられる！

視線の先で、宇兎《うさぎ》は両目を闘志に燃やし、剣と盾を手に果敢にアポリアに肉迫していた。

その直後、大和《やまと》の目の前で、全てのアポリアが一斉に串刺しにされた。

「なっ⁉」

黒い。

黒過ぎて、濃淡すらない漆黒の帯が、地面から無数に突き上がりアポリアたちを串刺しにしていた。

——なんだ、これは？

アポリアたちが一撃で雲散霧消すると、一緒に漆黒もかき消《き》えた。

そして大和《やまと》は、後に残された光景に心臓が凍り付くような恐怖を感じて絶句した。

それは、全身から血を流して力無く倒れる、宇兎《うさぎ》の姿だった。

「ッツ……うさぎぃいいいいいいいいい！」

硬くなった喉を突き破るように、大和《やまと》はあらん限りの力で叫んだ。

大気を焼き切るようなジェット加速で彼女の背後に回り込み、地面へ投げ出されようとする体を抱きとめた。

血に染まってぐったりとして動かない彼女はまるで死体のようで、大和《やまと》は自身に「嘘《うそ》だ」と言い聞かせながら助けを読んだ。

「蜜也《みつや》ぁあああああああ！　宇兎《うさぎ》を助けてくれぇえええええええええええ！」

蜂の能力を持つ蜜也《みつや》が、高速で空をカッ飛んできて着地。そして鬼気迫る表情で宇兎《うさぎ》の腹と頭に手を当てて回復魔術の光をほとばしらせた。

——頼む！　死なないでくれ！

固く目を閉じて、大和《やまと》は何かに懇願した。

ふと、大和《やまと》がまぶたを開けると、視界に見知らぬ人物が現れた。

大和《やまと》たちと同じ白ラン姿の少女は、だが大和《やまと》の知らない生徒だ。

——白ランの縁のラインが赤い。関西校の生徒か。

長い黒髪を左側で一本にまとめたサイドテールの、冷たい表情を浮かべた美少女だ。

背が高く、スラリとした肢体の足取りは無音に感じるほど静かだった。

けれど、大和《やまと》の目に留まったのは、彼女の手から漆黒の霧が雲散霧消していく様子だった。

「ッ……お前か」

興奮し過ぎて語彙力を失った大和《やまと》の言葉の意味を、だが向こうは正確に汲《く》み取《と》ったらしい。

「ああ、ウチがやった。アポリアがおったからな」

まるで業務連絡のように無感動な声音に、大和《やまと》は熱い怒りをギリギリのところで抑えた。

「宇兎《うさぎ》の姿は、見えなかったのか？」

「いや」

せめてそうであってくれと思いながら尋ねるも、大和《やまと》の期待はけんもほろろに捨てられた。

「フザケんな！」

全身の血液が過熱されるような怒りが敵意に変わると、少女は禁煙席で喫煙を注意されたように面倒くさそうな表情をした。

「興奮するなや。お前素人《しろうと》か？　アポリアが固まっていたさかい面制圧攻撃をしかけた。それだけや。それとも何か？　その女を守るために一匹ずつ潰して、取り逃がしたアポリアが一般人を殺しても責任取れるんか？」

「それはッ……けど！」

一般人が殺される場面を想像して言葉に詰まる大和《やまと》に、少女は畳みかけてきた。

「ウチらシーカーはアポリアの脅威から素人《しろうと》さんを守るのが仕事や。シーカーを守るために素《しろ》人《うと》さん犠牲にしてどうするんや？」

「だからって！　わざわざ仲間を巻き込むような方法を取ることはねぇだろ！」

「ウチかて必要ないならせんわ。けどな、あの状況ならその女ごと面制圧するべきやからした。それだけや」

淡々と、業務連絡のように説明する口調に、大和《やまと》の怒りはさらに加速した。

少女の理論は、一見すると正しいのかもしれない。

だが、真白《ましろ》の言葉を思い出しながら、大和《やまと》は反論した。

「実戦で大事なのは連携、チームワークだ。個々が特技を生かして仲間の為《ため》に役立とうとした時、チームは無敵になれるんだ！」

「何の話や？」

少女はうざったそうに、眉間にしわを寄せた。

「互いに想《おも》い合《あ》うから、仲間の為《ため》に役立とうと力を出せる。自分にできないことは仲間がしてくれると信じているから、自分の役割に集中できる。仲間が助けてくれると信じているから、危険なことにも恐れず立ち向かえる」

最大魔力値測定の日、大和《やまと》は勇雄《いさお》と蜜也《みつや》にチームを作ろうと言ったことを、そして、秋雨《あきさめ》をコピーしたアポリアとの戦いで自分が気絶している間、蕾愛《らいあ》や宇兎《うさぎ》、勇雄《いさお》が命を賭《と》して時間稼ぎをしてくれていたことを思い出し、彼ら彼女らとの絆《きずな》を握りしめるように拳を作った。

「シーカーなら、仲間を犠牲にしないで、協力して一般人を守る方法を取るべきだ。お前みたいに仲間を犠牲にするやり方を、俺は認めない！　何よりも、俺の大事な仲間を傷つけたお前を、俺は許さない！」

真白《ましろ》のおかげでシーカースクールに来て、仲間ができて、今、大和《やまと》はここにいる。

真白《ましろ》は言った。「良き師匠に支え合う仲間と高め合うライバルがいれば、才能なんてチンケなものです」。その言葉の通り、仲間たちが大和《やまと》を強くしてくれた。夢に近づけてくれた。

仲間の否定、それだけは、命に代えても承服できるわけがなかった。

「……仲間仲間と、暑苦しいやっちゃな。チームワーク？　そんなもん、一人で勝たれへん弱者のたわごとやろ？」

冷たい声音の温度がさらに下がった。

「トロッコ問題って知っとるか？　五人を救う為《ため》に一人を犠牲にできない奴は三流や。そもそもシーカーは素人《しろうと》を守るためにいる。なら、その女は喜んで犠牲になるべきやろが」

「ッッ」

最後の一言が決定的になり、大和《やまと》の敵意は、さらに熱くて黒い感情に変わった。

草薙大和《くさなぎやまと》という男の中で、彼女は完全な敵となったのだ。

「それからその標準語、お前らが関東校の奴《やつ》やろ？　関東の猛者《もさ》が来る言うから期待しとったのに、とんだ甘ちゃんやな」

「お前が関西校代表か？」

怒りを滲《にじ》ませる大和《やまと》の問いかけに、少女は冷たい侮蔑の表情で返した。

「せや。ウチはシーカースクール関西校首席、一年一組、炭黒亞墨《すみくろあすみ》や。覚えんでええわ。どうせ親善試合が終わったら会うこともないやろうしなぁ」

「そうか」

「大和《やまと》、宇兎《うさぎ》は大丈夫だよ。命に別状は、大和《やまと》？」

宇兎《うさぎ》の体を蜜也《みつや》に預けると、大和《やまと》は煮《に》え滾《たぎ》るような怒りを全身に漲《みなぎ》らせたまま、炭黒《すみぐろ》の元まで歩み寄った。

「なんや？　ここでやる気か？」

こちらとは対照的に冷徹な表情の炭黒《すみぐろ》へ、大和《やまと》は敵意を剝《む》き出《だ》しにして宣言した。

「お前は俺がブッ倒す。そんで、宇兎《うさぎ》に謝ってもらうからな！　わかったか⁉」

感情を叩《たた》きつけるような大和《やまと》の叫びを、炭黒《すみぐろ》は黙殺するように受け止めた。だが。

「……………親善試合前に宣戦布告か」

長い沈黙を破り口を開くと、犬歯を見せながら、炭黒《すみぐろ》は怒りに顔を歪《ゆが》めた。

「有象無象が笑わせるなや。虫唾《むしず》が走るわ！」

互いに容赦ない怒りをぶつけあい、二人は対立した。

この瞬間、親善試合は互いの人生観をかけた、最上級の決闘へと昇華した。

第二章 万策が尽きたら一万一個目の策でお前に勝つ！ 諦めなければ戦いは続く！

蜜也《みつや》とLIA《リア》の二人がかりで宇兎《うさぎ》のケガを完治させた大和《やまと》たちは、気を失ったままの彼女を、急いで関西校の医務室へと運び込んだ。

それから、駆けつけてくれた真白《ましろ》も回復魔術をかけ直してくれた。

そうして、炭黒《すみぐろ》と別れてから一時間後。

医務室のベッドの上で、ようやく宇兎《うさぎ》が目を覚ました。

「宇兎《うさぎ》！」

大和《やまと》が顔を覗《のぞ》き込《こ》むと、彼女はぼんやりとした瞳で、そっと視線を合わせてくれた。

「あ、やまとくん……？　ふやっ⁉　なな、なんでわたしのベッドにいるの⁉　えっちなお願いはだめって前に言ったじゃない！　あぁでもわたしがDカップだって秘密にしてくれるなら、どうしよう迷うなぁ」

「よかった、いつもの宇兎《うさぎ》だ」

大和《やまと》が安堵《あんど》すると、宇兎《うさぎ》はぼんやりとした眼差《まなざ》しをぐるりと一周させた。

真白《ましろ》、勇雄《いさお》、蕾愛《らいあ》、蜜也《みつや》、ＬＩＡ《リア》の顔を順に見つめてから、まぶたがくわっと見開かれた。

「ふゃっ⁉　いぃい今のは違うの！　寝ぼけて巨乳願望が口に出ちゃっただけだから！」

――なんて苦しい言い訳だろう。

いつもながら、見ているだけで慈愛の心が湧いてきて止まらない。

「なぁんだそうなの。てっきり本当にＤカップあるのかと思ったわ」

――え？　蕾愛《らいあ》チョロいな。

「世の中には小さいのが好きな人もいるんだし、小さくても気にしなくていいんじゃないの？」

「ＬＩＡ《リア》はもう少し常識を身に付けようか？」

Ｄカップを小さい扱いするＬＩＡ《リア》に、蜜也《みつや》は優しくツッコんだ。

「そうだよね、小さくても気にすることないよね」

一方で、宇兎《うさぎ》は両手を合わせて幸せそうだった。

大和《やまと》の中で、慈愛の心が湧いて止まらない。

そこへ、勇雄《いさお》が口を挟んだ。

「宇兎《うさぎ》、右腕に異常はないか？」

「え？　そういえば」

合わせていた手を離して、宇兎《うさぎ》は右手を開閉させる。

大和《やまと》も勇雄《いさお》に言われて気づいたのだが、どうも動きがぎこちない。

真白《ましろ》が溜息《ためいき》を漏らした。

「すいません。右腕は完全に神経が切られていました。私の回復魔術で完治はさせましたが、痺《しび》れが取れるのには丸一日かかるでしょう。今日の親善試合は、宇兎《うさぎ》さんは無理ですね」

申し訳なさそうな真白《ましろ》の態度に、だけど宇兎《うさぎ》は輪をかけて申し訳なさそうに謝罪した。

「すいません。せっかく、先生が代表選手に選んでくれたのに……約束を、信頼を裏切っちゃって」

彼女が言っているのは、新幹線の中でした話だろう。

約束とは、相手を信頼しているからこそ結ぶと真白《ましろ》は言った。

つまり、約束を破るということは、相手の信頼を裏切るということだ。

だけど今回、宇兎《うさぎ》に非はない。

むしろ、彼女は被害者だ。

なのに、最初に想《おも》うことが自身の不幸を嘆くことではなく、他人の信頼を裏切ったことに対する自責の念と謝罪。

宇兎《うさぎ》の他人を想《おも》う心が、大和《やまと》の怒りを増大させた。

人の身に貴賤《きせん》なんてないというのは理想論かもしれない。

けれど、宇兎《うさぎ》が善良であればあるほど、そんな彼女を傷つけた炭黒《すみぐろ》を許せなくなる。

「宇兎《うさぎ》、お前の約束、俺が引き継いでいいか？」

「え？」

不思議そうに顔を上げた彼女に、大和《やまと》は語気を強めて毅然《きぜん》と言った。

「俺は、この親善試合で必ず勝つ。それとも、俺じゃ信頼できないか？」

力強く尋ねられると、宇兎《うさぎ》は嬉《うれ》しそうに口元をゆるめて、わずかに頬を赤らめた。

「ううん。だれよりも信頼しているよ。がんばってね大和《やまと》」

言って、宇兎《うさぎ》はしびれが残る右手の小指を差し出してくれた。

彼女の信頼に応えるように、大和《やまと》も右手の小指を出して指きりげんまんをした。

「おう、任せろ」

宇兎《うさぎ》の小指は握力が頼りなくて、炭黒《すみぐろ》が与えた苦痛と奪ったものを実感させられた。

同時に、伝わるぬくもりに安心感を覚える。

この子を守りたい。

その強い想《おも》いが、いくらでも力をくれる気がした。

「まぁ、不幸な事故ではありましたが、これでこちらの勝算は上がりましたわね」

高飛車な声の主は、今まで病室の隅に佇《たたず》んでいたアメリアだった。

「……それはどういう意味だよ？」

宇兎《うさぎ》のケガを好都合と言っているように聞こえて、大和《やまと》は語気を荒らげた。

「宇兎《うさぎ》が欠場するなら代わりの選手が必要ではなくて？　そして、弔い合戦と言うなら、関西校に勝つべく今度こそＬＩＡ《リア》か刀牙《とうが》を投入すべきですわ。ねぇ、先生？」

「いいえ」

自信を以《も》って向けた問いかけを切り捨てられて、アメリアは表情を硬くした。

「なッ、何故《なぜ》ですの？」

「弔い合戦と言うならそれは炭黒亜墨《すみぐろあすみ》さん一人に向けるべきもの。代わりの選手はそうですね、蜜也《みつや》くんに頼みましょう」

「え⁉　僕⁉」

蜜也《みつや》は自分の顔を指しながら、驚愕《きょうがく》の悲鳴を上げた。

「何をおっしゃいますの⁉　その男はヒーラー、攻撃要員ですらありませんわよ⁉」

「だからこそです」

アメリアが声を荒立てる一方で、真白《ましろ》は冷静に説明した。

「回復役である蜜也《みつや》くんは強力な攻撃手段を持たない。故に敵から狙われた時、味方から孤立した時、自身の身を守れる戦闘能力が必要になるのです。だが、彼はあまりに優し過ぎる」

真白《ましろ》の鋭い視線が、蜜也《みつや》に向けられた。

「蜜也《みつや》くん。君はこの親善試合という大舞台で、闘争心を手に入れてください」

決定事項のように念を押された蜜也《みつや》は、緊張したように顔を強張《こわば》らせるばかりだった。

すると、アメリアは一度眉間にシワを寄せてから、不機嫌そうに踵《きびす》を返《かえ》した。

「十組に移籍したのは間違いでしたわ」

語気を強めながらアメリアは部屋を出て行った。

蜜也《みつや》は呼び止めようとしたのか手を伸ばして一歩踏み出すも、声は出ない様子だ。

呼び止める言葉が思いつかなかったのだろう。

口の中でくちびるを嚙《か》みながら、蜜也《みつや》は手と頭をうなだれさせた。

──まったく、アメリアはどうしようもないな。

彼女のプライドの高さに呆《あき》れてから、大和《やまと》は気持ちを切り替え、ベッドの宇兎《うさぎ》に向き直った。

「宇兎《うさぎ》、さっき、お前の約束を引き継ぐって言ったよな？」

「うん」

「それとは別に、俺からも新しく約束させてくれ」

「え？　約束？」

まばたきをする宇兎《うさぎ》に、大和《やまと》は真摯な眼差《まなざ》しで頷《うなず》いた。

「ああ。あの女、炭黒亜墨《すみぐろあすみ》を倒して、必ずお前に謝らせてやる！」

宇兎《うさぎ》は一瞬、驚きと戸惑いがないまぜになった表情を浮かべるも、大和《やまと》の想《おも》い、真剣さが伝わったのか、少ししてから、嬉《うれ》しそうに頬を赤らめてはにかんだ。

「うん、約束だよ！」

信頼のこもった笑みと共に、今度は痺《しび》れていない左手の小指を差し出す宇兎《うさぎ》。

その小指に自身の小指をからませて、大和《やまと》は強く握った。

右手と左手、それぞれに信頼を握り、大和《やまと》は頼もしい笑みを返した。

「ふふ。いいですよ大和《やまと》くん。期待されるほど頑張れる。背負うものが大きいほど強くなれるのはシーカーに大事な資質です」

言って、真白《ましろ》は頬をゆるませて背筋を正した。

「では、そのためにも建設的な話をしましょう。大和《やまと》くんの話を聞いたところ、どうやら亜墨《あすみ》さんの魔術は【闇属性】のようですね」

『闇属性？』

聞きなれない単語に、大和《やまと》たちの声が重なった。

◆

二時間後。

大和《やまと》たち一年十組の十九人が通路を抜けると、関西高校の青空闘技場のフィールドに出た。

客席にはちらほらと関東高校の生徒の姿が見えるも、前半分は関西高校の生徒たちで埋まり、誰もが強気な言葉で煽《あお》ってくる。

完全にアウェーだが、誰も気にしない。

「ちっ、ウザいわねぇ」

「落ち着け蕾愛《らいあ》」

一名、気にしている人もいた。

「うっせぇぞこのドサンピン共がぁ！　撃ち殺すぞ！」

「ちょっと男子静かにしてよ恥ずかしい！」

「…………」

拳銃を取り出した空上青広《そらうえあおひろ》とそれを咎《とが》めるファティマから、大和《やまと》は視線を逸《そ》らした。

代わりに、バトルフィールドの中央に佇《たたず》む白ラン姿の五人を注視した。

真白《ましろ》と同じく、緑色のタグをつけた女性がロングヘアーをかきあげてから自信たっぷりに鼻を鳴らした。

「高校以来やなぁ、真白《ましろ》くぅん、元気しとったかぁ？」

「はい。えーっと高校三年生以来だから……」

「言うなや！　年がバレる！」

激昂《げきこう》しながら、女性教師は真白《ましろ》の顔面に白いハンカチを叩《たた》きつけた。

やわらかい布を投げつけるあたりから、大和《やまと》は彼女の優しさを感じた。

「アラサー前なのだから気にしなくていいと思うんですけどねぇ。はいハンカチ」

「うっさい！　女子はみんな永遠の十七歳や！」

握り拳を固めながら、ハンカチを受け取る女性教師は、大きく深呼吸をした。

「ふん、まぁええわ。今日のウチは機嫌がええからな」

「そうなんですか？」

「せや。何せウン年前、ウチと真白《ましろ》くんの親善試合の雪辱を果たす日が来たんやからな。十組の担任になったと聞いた時は落ち込んで酒浸りにならんと夜も眠れないほどショックやったけどな。流石《さすが》はウチのライバル、代表クラスになるやなんて大したもんやで、ほんま感謝するわ♪」

　――この人、先生のこと好きなのかな？

関西人だからなのかこの人だからなのかはわからないが、大和《やまと》は気勢を削《そ》がれてしまった。

その彼女に、蕾愛《らいあ》が眉根を寄せた。

「え、あんた関西高校出身なの？」

「せやで」

「じゃあなんでエセ大阪弁なのよ？」

その場の空気が冷え切った。

大和《やまと》がツッコむ。

「おい蕾愛《らいあ》、そこは気づかないフリをするところだろ」

「なんでよ？　だってこいつさっきからイントネーションおかしいじゃない」

「クァアアアアアアアアアアアアアアアア！」

まるで怪鳥のような奇声を発して、女性教師は怒りを爆発させた。

「これやから東日之和《ひのわ》国民は嫌なんや！　ウチは生まれも育ちも奈良県や！」

「奈良県？　え？　じゃああんたのそれ奈良弁？」

「せや！　奈良弁は大阪弁と言葉は似とるのにイントネーションがちゃう。せやから関西弁＝大阪弁やと思うとる東日之和《ひのわ》国民にはエセ大阪弁に聞こえるさかい、会う人、会う人、片っ端からエセ大阪弁やのエセ関西弁やのと！」

頭をグラグラとさせながら手の平を上に向けて指をワキワキと動かす。

その様子には、関西高校の生徒たちもドン引きだった。

真白《ましろ》は彼女の背中をなでながら、「どうどう」と馬を扱うようになだめはじめた。

「ほらほら、アマちゃん、ちゃんと自己紹介して」

「アマちゃん言うなや！　たく、けど、真白《ましろ》くんの言う通りやな」

気を取り直すと、女性教師は背筋を伸ばしてから、ふたたび長い黒髪をかきあげた。

「ウチは関西シーカー養成学園一年一組担任、上地《うえち》天姫《あまめ》や！　ウチの生徒たちはあんたらをケチョンケチョンにしたるさかい、帰りは関西旅行で心の傷を癒やすとええわ！」

——どうしよう。たぶんこの人いい人だ。

どうやら、宇兎《うさぎ》を犠牲にしたのは炭黒亜墨《すみぐろあすみ》、個人の流儀で、担任の方針ではないらしい。

——そういや、炭黒《すみぐろ》の姿がないな？

大和《やまと》の疑問を代弁するように、真白《ましろ》が口を開いた。

「ですが、そちらは一人足りないようですね。さっそくウチの不戦勝ですか？」

ふざけて真白《ましろ》がウキウキ声を作ると、天姫《あまめ》の視線が反応した。

たぶん、デバイスが視界に映してくれるＡＲ時計を見ているのだろう。

「またあの子は……五分前行動のできんやっちゃな」

天姫《あまめ》が苛立《いらだ》つと、大和《やまと》も視界に映るＡＲ時計を見た。

あと五秒で、集合時間だ。

——四、三、二、一。

ふと、天姫《あまめ》の背後から、ぬるりと黒い影が滑り出した。

「うおわぁ!?」

天姫《あまめ》は悲鳴を上げて、真白《ましろ》に抱きついた。

「急に出てきたらあかんやろ！　つか遅いわ！」

「遅刻やあらへん」

その冷たい態度に、大和《やまと》の中で怒りが再燃した。

大和《やまと》の敵意を感じ取ったのだろう。

炭黒《すみぐろ》はこちらを一瞥《いちべつ》すると、殺意を込めるような舌打ちをしてから、大和《やまと》と正対した。

一触即発にも近い空気が流れる。

が、それは長続きしなかった。

「こぉらぁ！　亜墨《あすみ》ぃ！」

出し抜けに、ゆるふわロールヘアーの美少女が炭黒《すみぐろ》の肩につかみかかった。

白ランのタグが赤いので、関西校の代表生徒だとわかる。

「まぁたヘアセットが乱れているやないの。せっかく綺麗《きれい》な髪してはるんやからキッチリしいや。女子力は女子の命やで」

そう言うゆるふわロール女子は、これから試合だというのにメイクもネイルもバッチリとキメて、髪や耳にもアクセサリーをつけて着飾っていた。

いかにもお金持ちのお嬢様、と言った雰囲気の煌《きら》びやかな女子だ。

「いらんしウザいわ」

ゆるふわロール女子がサイドテールヘアーを整えようとすると、炭黒《すみぐろ》はうっとうしそうに手で払った。

けんもほろろに突き放されたゆるふわロール女子は、欲求不満そうに落ち着かない様子だった。

――こいつもしかして……。

「さっきからキャラ濃いわね」

蕾愛《らいあ》がもっともなことを口走ると、虎の顔がプリントされたインナーを着ている小柄な女子が空手チョップのジェスチャーを取った。

「いやそれ自分らが言うんか⁉」

大阪オカンファッションの女子にツッコまれて、大和《やまと》はぐうの音も出なかった。

何せ、この十組には真白《ましろ》が集めた濃すぎるメンツが集まっているのだから。

「自分それ身長何メートルあんねん⁉」

指を差された男子、土御門《つちみかど》岱地《だいち》は、石像のような無表情で応えた。

「む、二メートルもない。一九八センチだ」

「誤差やろ！　そんで自分らなんやその髪と目、ブリーチとカラコンか⁉」

「い、いや、わたしアルビノだからこれは生まれつきで」

「ワタクシはアメリオン合衆国出身ですわ」

「私の金髪銀眼はロボットだからです」

「ちなみに要介護の僕はロボットじゃなくてパワードスーツだよ♪」

宇兎《うさぎ》、アメリア、七式《ななしき》、朝倉恋晴《あさくらこはれ》の返答に、大阪女子はさらにボルテージを上げていく。

「風呂《ふろ》入る時どうしてるねん！」

「そりゃあもう全開で魔力で肉体強化をするか同室の七式《ななしき》が洗ってくれているよ♪」

ひと際小柄で、首筋の細い恋晴《こはれ》が七式《ななしき》に百合《ゆり》の花のような笑みを向けた。

大和《やまと》は大人なので聞かなかったことにした。

「ちゅうかそこの爆裂ボイントリオ！　自分らガイジンか？　名前なんちゅうねん」

「LIA《リア》。外人じゃなくて人工生物だよ」（無関心に）

「ファティマ・ジブリール。出身は南米のブラジエラよ」（苛立《いらだ》たしげに）

「ミンナ・スンマネンです。北欧のフィーランドから来ました」（申し訳なさそうに）

「自分は何に謝っとんねん⁉」

「あ、本名です。他にも地元の友達にはヘンナ・パーヤネンさんとかミルカ・パンツさんとかいますしフィーランドではふつうですよ」

「本名……負けた……全てにおいて……」

と、何故《なぜ》かリストラを言い渡されたサラリーマンもかくやと言うほどに力無く崩れ落ちて四《よ》つん這《ば》いになった。

――うちの連中が濃くてごめん。

大和《やまと》は心の中で謝った。

「くぅ～、けどなぁ、乳ならうちのアスミンもマジデカイんやで！　アスミン！　自慢のGカップバスト見せたりや！」

「知らん」

にべもなく断られた大阪女子は、スベリ倒した芸人が舞台を後にするようにテンションを落としてしょんぼりとした。

すると、先程から騒いでいるのは明らかに関西側なのだが、関西校唯一の男子が雅《みやび》な口調で顔を背けた。

「ほんま、さっきからやかましいわ。いかにもおのぼりさんて感じで品がないわ。そう思わへんか亜墨《あすみ》？」

「ウチに同意を求めるなや。共感が欲しければヨソを当たれ」

「こら冷たいなぁ」

ゆるふわロール、大阪女子に続いて、またも炭黒《すみぐろ》はすげなく突き放した。

すると、ショートカットのちっちゃな女子がバスケットの中からミカンを取り出して真白《ましろ》に手渡した。

「これ、お近づきの印にどうぞ」

場を和ませるためか、彼女は真白《ましろ》、大和《やまと》、土御門《つちみかど》、宇兎《うさぎ》と、次々ミカンを配っていく。

それから、仲間にも配っていく。

だけど、やはり亜墨《あすみ》にはいらないと言われて落ち込む。

——やっぱり、炭黒《すみぐろ》って仲間とも上手くいっていないんだな。

見る限り、メンバーは炭黒《すみぐろ》と仲良くしようとしているようだ。

しかし、彼女にその気はないらしい。

「おい、お前さっきから態度悪くないか？」

「あん？」

つい、大和《やまと》は口を挟んでしまった。

「誰と付き合うかはお前の自由だけど、そんな攻撃的にならなくてもいいだろ」

「そんなんウチの勝手やろ？」

「けど、もしかしたら実戦でこいつらと共闘したり助けが必要になるかもしれないだろ」

炭黒《すみぐろ》は鼻で嘲笑した。

「はんっ。ウチに助けなんていらへん。ウチは攻防回復全部できるポジション、バランサーや。ウチがこいつらの世話をすることはあっても、逆はあらへん」

口調に嘲笑の響きを含ませながら、炭黒《すみぐろ》は口角を歪《ゆが》めた。

「そもそも、連携なんて一人じゃ勝たれへん弱者のこすい手やろ？　真に強いモンにとって他人は足かせでしかあらへん。ウチだけの一人部隊、それこそがドリームチームや」

最後は言い切るような語気で、大和《やまと》は反論の言葉を呑《の》み込《こ》んだ。

彼女には何を言っても無駄だと、肌で感じたのだ。

すると、関西側の男子が周囲の注目を集めるように、ふところから扇子を取り出して広げた。

「さて、茶番はこれくらいにして、東の田舎モンに引導を渡しましょか？」

一応、彼らの弁護をしたつもりの大和《やまと》は、少々不愉快ながらも一歩下がった。

これ以上のお喋《しゃべ》りは、親善試合の進行の妨げでしかない。

それに、よくよく考えてみれば、最初から言葉でどうにかなる相手だとは思っていない。

炭黒亞墨《すみぐろあすみ》はこの手で倒す。

そして、必ず後悔させてやると、大和《やまと》は燃える闘争心を胸に刻みなおした。

「では、進行はホスト校であるウチが務めさせてもらうわ。両校、ベンチへ」

天姫《あまめ》の指示で、大和《やまと》たちはフィールドの端、ベンチ席へ移動すると、着席した。

立っているのは、ただ一人だ。

「これよりシーカースクール東西親善試合、先鋒戦《せんぽうせん》を行います！　ルールに従い、関東校代表選手は前へ！」

親善試合では戦う順番は事前に決めない。相手側の選手を見てから決められる。

今年は奇数試合は関東校が先に選手を出すことになっている。

「相手は五人で後出しジャンケン。こういう時は誰が相手でも有利に戦える最強戦力を投入すべきです、つまり——」

「ワタクシの出番ですわね」

席に座らず、常に臨戦態勢だったアメリアが食い気味に答えた。

ストレージからパルチザンを呼び出し、右手に握り込んだ。

「まずは圧倒的な力で敵の出鼻を挫《くじ》きます。大将戦を待たず、決着をつけてやりますわ」

誰の了解も得ずに、アメリアは前に進み出た。

威風堂々、だが社交界の貴族のように上品な足運びで、彼女はバトルフィールド中央を目指した。

対する関西側からは、ミカンを配っていた小柄でショートカットの女子が出てきた。

両手にはダガーを握りしめ、童顔ながら眉を引き締めて構えている。

天姫《あまめ》は両者が位置についたのを確かめると、フィールド端でMR画面を操作した。

一瞬、バトルフィールド中央に、青白い光がドーム状に走った。

遠距離攻撃が客席に届かないようにするための、プラズマバリアだ。

続いて、試合開始のブザーが鳴った。

「関西校一年一組、小鳥遊円子《たかなしまるこ》。ポジションはキャスター。最大魔力値は七万です。よろしくお願いします！」

「関東校一年十組、アメリア・ハワード。ストライクキャスター。最大魔力値は五三万ですわ」

「え？　えぇ⁉」

眉を引き締めた表情が一転。

円子《まるこ》は目を丸くして後ずさった。

「け、けど私の能力は肉体強化しても意味ないですよ！　硫酸はなんでも溶かしますから！」

言って、小鳥遊《たかなし》円子《まるこ》がダガーを振るった。

同時に、スイカ大の液体弾が無数に生じて、弾幕を張った。

その一発一発が、牛サイズでも一瞬で溶かし殺す必殺の溶解力を持つ過剰攻撃に、アメリアは過剰飽和攻撃を以《も》って返礼とした。

「ボイルドウェーブ！　フルバースト！」

アメリアが指揮棒のようにパルチザンを振るうと、周囲の床からナイアガラ瀑布《ばくふ》を逆再生にしたような勢いで水柱が噴き上がった。

津波を思わせるほどに大量の過熱水は、硫酸の弾幕を歯牙《しが》にもかけずに呑《の》み込《こ》み、円子《まるこ》を押し流しながら一度に爆発した。

観衆を守るはずのプラズマバリア越しでも耳をつんざく轟音《ごうおん》が駆け抜け、客席には悲鳴が湧いた。

——いきなりこんな大技、普通しかけるかよ！

勇雄《いさお》との戦いが響いているのか、アメリアは初手から容赦のない面制圧攻撃をしかけた。

しばらくして、白い霧が晴れるとプラズマバリアの端で円子《まるこ》が気絶していた。

「しょ、勝者、アメリア・ハワード……」

天姫《あまめ》が頬を引《ひ》き攣《つ》らせながら勝利コールを告げると、再び会場に悲鳴が湧いた。

「フン、当然の結果ですわ。凡民ごときがワタクシに勝とうなどと、永遠に思わないほうが賢明でしてよ」

前髪をかきあげ、さも当然とばかりに言ってから、アメリアは悠然とベンチに戻ってきた。

「関西代表と言っても所詮はこの程度。ワタクシの敵ではありませんでしたわ」

——やっぱり、アメリアは規格外、だよな。

あまりに一方的な試合に、大和《やまと》は出る言葉が無かった。

もとより、彼女は五三万という規格外の魔力値に万能型の魔術という最強選手だ。

ちょっと本気を出せば、当然の結果だろう。

勇雄《いさお》を一撃で倒し、敗北を喫したリベンジマッチも事前に練られた対策にハメられただけ。

大和《やまと》ですら、蕾愛《らいあ》とのタッグで、ようやく薄氷の勝利を手にしたに過ぎないのだ。

——けど、これじゃ得るものがなにもないんじゃ……。

真白《ましろ》は、この親善試合を利用して、大和《やまと》たちの成長を期待した。

だからこそ、強すぎるＬＩＡ《リア》と刀牙《とうが》は除外されたのだ。

——これなら、空上《そらうえ》や騎場《きば》が出たほうが良かったんじゃないか？

アメリアは自身の勝利に気を良くしながら、高飛車な仕草で髪をかきあげた。

「さて、次は皆さんの番ですわね。言っておきますが、凡民だからなんて言い訳は通じません。必ず勝ちなさい。ワタクシの勝利を汚したら許しませんわよ」

アメリアの酷《ひど》い発言に、蕾愛《らいあ》の眉間にシワが寄った。

勇雄《いさお》は無反応、蜜也《みつや》は困り顔、そして大和《やまと》は呆《あき》れた。

——こじらせているなぁ。

最初はもっと風格があったのに、今はマウントを取るのに必死だ。

なんとかしたいと大和《やまと》が悩んでいると、関西側から次鋒戦《じほうせん》の相手であるゆるふわロール女子が高飛車なモデル歩きで進み出てきた。

アメリアに似て、富裕層故の高慢さ、悪く言えば慢心のようなものを感じる。

「ふむ、彼女が相手なら……」

真白《ましろ》が一考していると、蕾愛《らいあ》が立ち上がった。

「次はアタシが出るわ！」

アメリアに続いて、彼女もまた、誰の了解を得るまでもなく、ストレージから武器の大鎌を取り出してつかんだ。

——なんだか真白《ましろ》さんが可哀《かわい》そうになってきたな……。

とはいえ、アメリアの見下し発言で怒り心頭に発していた蕾愛《らいあ》なら仕方ないとも思った。

——まぁ、俺が戦いたいのは炭黒《すみぐろ》だからいいけど。

「アイツが関西高校ベスト5の一人。昂《たかぶ》ってきたわね」

「蕾愛《らいあ》、油断するなよ」

大和《やまと》が忠告すると、蕾愛《らいあ》はニヤリと獰猛《どうもう》に笑った。

「バーカ、誰にもの言ってんのよ。三戦三勝でサクっと勝つわよ！」

強く意気込みながら、蕾愛《らいあ》は大鎌を担《かつ》いでバトルフィールドの中央へ向かった。

「関東最強の電撃使い、雷帝・御雷蕾愛《みかずちらいあ》よ！　最大魔力値は十二万！」

「これはこれは、ダサいくせに随分と鼻っ柱の強いのが出てきたもんやなぁ」

「ダサいですって⁉」

「ダサいが嫌ならイモいかチンチクリン」

「ッツ〜〜」

小柄でつつましい胸の蕾愛《らいあ》は、頭に血が上り、怒りの形相で歯を食いしばっていた。

一方で、相手は満足げな笑みと同時に仁王立ちで声を張り上げた。

「ウチは兵庫出身、藤原貴咲《ふじわらきさき》！　最大魔力値は十四万や！」

「へ？」

最大魔力値に、今度は関東側が驚く番だった。

試合開始のブザーが鳴ると、貴咲《きさき》の周辺に次々グリッド線が走り、五体の西洋甲冑《かっちゅう》を構築していった。

「ラジコン・ナイツ！　さぁ、あの生意気な女をいてもうたれ！」

貴咲《きさき》はピアノを弾くようにして、右手の五指を動かした。すると、甲冑《かっちゅう》たちは剣を掲げ、一斉に走り出した。

「何よこんな奴《やつ》らアタシの電撃で！」

蕾愛《らいあ》が左手を前に突き出すと紫電が閃《ひらめ》き、一斉に甲冑《かっちゅう》たちに放たれた。

激しいスパーク音の後に、だが甲冑《かっちゅう》たちは一瞬動きを止めただけだった。

「はぁっん⁉」

驚愕《きょうがく》する蕾愛《らいあ》の姿に、貴咲《きさき》は上機嫌に笑った。

「アホやなぁ♪　中身空っぽの鋼鉄鎧《よろい》に電気流したかてどうなるんや？」

「だったら物理でボコるまでよ！」

電磁力で大鎌を宙に浮かせると、高速で回転させながら、電磁誘導力で撃ち出した。

蕾愛《らいあ》お得意の、ローレンツガンだ。

しかし、

「パージ」

貴咲《きさき》の一言の後で、回転する大鎌は甲冑《かっちゅう》たちをボウリングのピンのように跳ね散らかした。

粉々になった騎士たちに、蕾愛《らいあ》は手ごたえを感じてガッツポーズを作った。

「よしっ！　どうよ、これが雷帝・蕾愛《らいあ》様の……は？」

ブーメランのように戻ってきた大鎌を蕾愛《らいあ》がキャッチすると、それは起こった。

バラバラに床に転がった鎧《よろい》の騎士たちが、見えない人型磁石に引かれるようにして組み上がり、元の姿に戻った。

「ホンマにアホやなぁ♪　鎧《よろい》は元から無数のパーツの寄せ集めやん。バラせば物理攻撃なんて怖ないわ♪」

「なら鎧《よろい》ごと潰してやるわ！　最大電力！」

大鎌を頭上に浮かせると、今度は両手を前に突き出して、蕾愛《らいあ》は最初の数十倍にも匹敵する、特大の紫電を放った。

極太の雷撃が放つ雷光に観衆は目をつぶり、大和《やまと》も思わず目を細めた。

瞬間的に空気が膨張した衝撃がベンチ席まで届いて、大和《やまと》は彼女の本気を肌で感じた。

雷鳴が鳴りやむと、そこには真っ赤に焼けながら熔《と》ける騎士たちの姿があった。

いくら電気を通す金属でも、流石《さすが》にあの豪雷の電気熱だけは無視できなかったようだ。

「どうよ！」

今度こそ勝ったとばかりに、蕾愛《らいあ》は胸を張った。

だが、貴咲《きさき》は口笛を吹いて流した。

「なるほどなぁ。魔力値十二万は伊達《だて》やないか。けどすまんなぁ」

貴咲《きさき》が指を鳴らすと、赤く焼けた甲冑《かっちゅう》は雲散霧消。代わりに、新しい甲冑《かっちゅう》たちが補充された。

「ウチの魔力が続く限り、この子らは無尽蔵なんよ」

「…………ッッ」

今度こそ、蕾愛《らいあ》は言葉すら失っていた。

こちらの絶望に気を良くしたのか、貴咲《きさき》は痛快そうに高笑った。

「ウチの能力は意のままに動く甲冑《かっちゅう》を構築すること。その戦闘力はウチの魔力に比例する代わりに、構築にはそれほど魔力は消費せん。もっとも、ウチ一人で複数同時操縦は大変やし、最初は一体の運用がせいぜいやった。けど、今は同時に十体まで操れるんやで！」

再び指を鳴らすと、さらにもう五体の甲冑《かっちゅう》が召喚された。

絶句する蕾愛《らいあ》の顔が青ざめた。

「ほんで、さっきの全力雷撃にアンタはどれだけの魔力を使《つこ》たんや？　ウチの魔力が尽きるまで撃てるほどコスパええんか？　んなわけないなぁ。なら、この勝負はウチの勝ちや！」

右手に続き、貴咲《きさき》は左手の五指も投入した。

見えないピアノを弾くようにして指を走らせれば、十体の騎士たちはそれぞれが別のルートを走り、蕾愛《らいあ》を十方向から包囲した。

「くっ」

仕方なく、蕾愛《らいあ》は自身に電磁力を働かせて空へ逃げた。

だが、騎士たちは次々剣を投擲《とうてき》して、蕾愛《らいあ》を狙ってきた。

騎士の姿をしていても、名前通り彼らはラジコン、貴咲《きさき》の命令通りに動く道具であり、剣に対する思い入れなどない。

蕾愛《らいあ》の視線は、貴咲《きさき》を意識していた。

甲冑《かっちゅう》は、いわゆる召喚獣ではない。彼らに意思はない。

ラジコンであるならば、コントローラーを持つ貴咲《きさき》さえ倒せば甲冑《かっちゅう》も止まる。

だが、そんなことをすれば当然、貴咲《きさき》は甲冑《かっちゅう》を防御に回すだろう。

そこまでは、大和《やまと》でも察しがつく。

――どうする、蕾愛《らいあ》？

このままでは、蕾愛《らいあ》は負ける。

大和《やまと》が思い出すのは、アメリアや自分に負けて傷つく蕾愛《らいあ》の泣き顔だった。

幼い頃から、最強だと信じてきた彼女のそんな姿はもう見たくなくて、大和《やまと》は祈るような気持ちで歯嚙《はが》みした。

大和《やまと》が心臓のざわつきを抑えようとするあいだ、蕾愛《らいあ》も呼吸を整えながら、動悸《どうき》を抑えていた。

「考えろ。考えるのよ御雷蕾愛《みかずちらいあ》」

投擲《とうてき》され続ける剣を右へ左へと避《よ》けながら、彼女が思い出すのは、大和《やまと》とタッグを組んだアメリア戦だった。

あの時も同じだった。

魔力差も魔術特性の相性も最悪。

勝てる見込みなんてない。

それを、大和《やまと》は機転一つで覆《くつがえ》した。

真白《ましろ》は、自分たちの成長のために親善試合に参加させた。

成長。

つまり、電撃もローレンツガンも効かない相手に勝てる対応力を身に付けること。

自分と相手にできること、できないこと。

その全てを素早く整理して、総当たり戦のように脳内でシミュレーションする。

だが、そのどれもが失敗に終わった。

「ていうか甲冑《かっちゅう》はいくら壊しても無尽蔵に湧いて出るんでしょ？　それじゃあ倒す意味がないじゃ……あっ」

蕾愛《らいあ》はあることに気が付いて、お腹《なか》の底から笑いがこみあげてきた。

突然の笑い声に、大和《やまと》は驚いた。

まさか、開き直って諦めてしまったのか。

そんな不安が頭をよぎると、貴咲《きさき》も同じことを口にした。

「どうしたんや？　開き直って諦めたんか？」

「いいや、ただ、なんでこんな簡単なことに気づかなかったんだろうってね」

「うん？」

蕾愛《らいあ》は、あっさりと地上に降り立った。

貴咲《きさき》は油断なく、鎧《よろい》の騎士たちに包囲させ、剣の切っ先を向けながら包囲の輪を徐々に縮めていく。

だが、蕾愛《らいあ》は絶望することなく、不敵で無敵の笑みを見せてくれた。

「倒せないなら、動けなくすればいいじゃない！　こうやってぇ！」

蕾愛《らいあ》が跳び上がると、甲冑《かっちゅう》たちは駆け出し、スクラムを組むラグビー選手のようにぶつかり合った。

蕾愛《らいあ》は、その背中を踏みつけるように着地した。

「なんや⁉　急にコントロールが⁉　アンタ、ウチの甲冑《かっちゅう》に何したんや⁉　ええいこうなったら新しい甲冑《かっちゅう》を出すだけや！」

新しく、もう十体の甲冑《かっちゅう》を構築。

同時に蕾愛《らいあ》が指を鳴らした。

「それムーリ！」

甲冑《かっちゅう》たちは互いにくっつき合い、団子状になって合成ゴムの地面を転がった。

まるで、互いが磁石のように。

「なぁっ⁉　まさ、まさかアンタ……」

「残念だったわね！　さぁ、一〇〇体でも二〇〇体でも出してきなさい。もっとも、その前にアタシのローレンツガンがアンタを撃ち抜くけどねぇ！」

大鎌を空中で猛回転させながら蕾愛《らいあ》は意気揚々と敗北宣言を促した。

貴咲《きさき》は、身動きが取れない甲冑《かっちゅう》たちと、唸《うな》りを上げ続ける大鎌を交互に見つめてから、悔しそうに両手を上げた。

「ウ、ウチの負けや……」

「しゃっぁあああああああああ！」

蕾愛《らいあ》は大鎌を空に突き上げて勝利の咆哮《ほうこう》を上げた。

その姿は、地元で幾度となく目にしてきた、そして見せられてきたソレだった。

格上相手の勝利に、大和《やまと》は【神童復活】の四文字が頭に浮かんで微笑を作った。

大和《やまと》が小さく拍手を送ると、隣に座る真白《ましろ》が口を開いた。

「戦いとはかけっこでも腕相撲でもありません。勝敗を決めるのは魔力の最大値ではなく、相手の特性を見極め、いかにして自身の魔術《ロゴス》を上手《うま》く使うかです。また、蕾愛《らいあ》さんのように最小限の労力で効率的に倒すのも実力のうちです」

大和《やまと》を含めて、周りの生徒たちは感嘆の声を漏らした。

「大和《やまと》！」

快活な笑みで大股に戻ってきた蕾愛《らいあ》は、右手を上げた。

その意味を察して、大和《やまと》は立ち上がり、右手を振るった。

互いの手がバシンと小気味良い音を打ち鳴らした。


「これで我が校の二勝。あと一度でも勝てば、親善試合は関東の勝利ですわね」

連勝に気を良くしたアメリアは、大和《やまと》に水を向けてきた。

「では大和《やまと》、終止符を打って来るのですわ」

「え？　俺は炭黒《すみぐろ》と戦いたいんだけど……」

次は、関東側が先に選手を出す番だ。

向こうが炭黒《すみぐろ》を出してこなければ、肩透かしもいいところだろう。

――いや、あっちはここで勝たないと負け確定だし、首席の炭黒《すみぐろ》を出してくるか？

大和《やまと》は、関西側のベンチを意識した。

すると、関西側唯一の男子が立ち上がり、入場の準備をしていた。

「ふむ、どうやら向こうは切り札を出してくるようですね」

「切り札？」

大和《やまと》が尋ね返すと、真白《ましろ》は頷《うなず》いた。

「はい。彼は魔術業界では日本一とも言われる京都の名門、西条院家《さいじょういんけ》嫡男、西条院龍麻呂《たつまろ》くんです。首席の炭黒《すみぐろ》さんに続く次席で最大魔力値は十八万。そして、関西最強の魔術テクの持ち主と言われています」

最後の言葉に、勇雄《いさお》が反応した。

「関西最強の魔術テク……か。それは願ってもない」

立ち上がると真白《ましろ》へ向き直り、勇雄《いさお》は真摯な眼差《まなざ》しで頼み込んだ。

「真白《ましろ》先生。次の中堅戦、是非とも私に任せて貰《もら》えませんか？」

「いいでしょう。君の名を、関西中に轟《とどろ》かせてきなさい」

アメリアが何か言おうとするも、大和《やまと》は機先を制するように口を開いた。

「勇雄《いさお》、勝てよ」

「当たり前だ。私はライバルである貴君以外の誰にも負ける気はない」

真白《ましろ》、大和《やまと》に続いて、蜜也《みつや》はやや緊張気味に激励した。

「勇雄《いさお》、焦《あせ》らず落ち着いて」

だが、その言葉にだけは頷《うなず》かず、首を横に振った。

「それは無理な話だ。生憎《あいにく》と修行中の身でな、心が躍り狂っている」

その瞬間、菩薩《ぼさつ》のように落ち着いていた勇雄《いさお》の瞳が少年のように輝いた。

背中の布袋から愛用の長巻を開帳すると、勇雄《いさお》は広い背中に夢を背負い、軽い足取りでバトルフィールドの中央へ赴いた。

その姿が頼もし過ぎて、大和《やまと》は相手のスペックを忘れたように、勇雄《いさお》無双を期待した。


勇雄《いさお》と時を同じくして、龍麻呂《たつまろ》もフィールドへ踏み込んだ。

長身細身の美形は、髪の毛の一本に至るまで綺麗《きれい》に整えられ、まるで直前までスタイリストの手にあったような印象を受ける。

圧倒的な自負に溢《あふ》れた顔は、他者を見下し驕《おご》り高《たか》ぶるような微笑を浮かべるも、女子なら誰もが一目で心を奪われる美貌にあっては、下品に見えない。

不遜ではなく、これが適切な態度なのだと誰もが思わされてしまう。

そして、関西最強の魔術使いと、魔力ゼロの邂逅《かいこう》は、最強の言葉から始まった。

「ホンマ、ウチのクズ共は役立たずで困るわ。まぁ、和歌山の田舎モンと神戸《こうべ》の成り上がりなんてこんなモンやろ」

「出身と実力は関係ないと思うが？」

龍麻呂《たつまろ》の高飛車な物言いに、勇雄《いさお》はたしなめるような語調を取った。

「あるわ」

だが、龍麻呂《たつまろ》には響かなかったらしい。

「育つ環境が人を決める。せやから【お里が知れる】、言うやろ？　生まれが底辺なら底辺しか育たん。京都民に非《あら》ずんばシーカーに非《あら》ず。俗な大衆魔術遊びをどれだけ究めようと、ウチとは比べられんわ」

「問題ない。私は魔力がゼロだからな」

世界の時間が止まること数秒。

フィールド上空に展開されたMR画面の映像と、ローカルネット経由で観客へ届けられた音声に、客席も水を打ったように静まり返っていた。

「……………………それは、なんの冗談や？」

さしもの龍麻呂《たつまろ》も、美貌を引き攣《つ》らせながら声を硬くした。

「冗談ではない。私は生まれつき魔力を持たない。故に、魔力戦闘以外の全てを修めている。だから、俗な大衆魔術遊びはおろか、魔力による肉体強化もできない。筋トレはしているがな」

龍麻呂《たつまろ》の瞳が、鋭く冷め切った。

「こないにも莫迦《ばか》にされたんは初めてやわ……先生、試合開始のブザーを頼みますわ……」

静かな怒りと憎しみに溢《あふ》れた声を震わせ、龍麻呂《たつまろ》は眉間にシワを集めた。

「このド田舎モンには地べた這《は》いずり回《まわ》らせたるわ！」

試合開始のブザーが鳴ると、龍麻呂《たつまろ》は両手を広げた。

「白虎《びゃっこ》！」

途端に、龍麻呂《たつまろ》の体表が金属に覆われ、五指の先端には三〇センチはあろうかという剣身のような爪が構築された。

「ええで！　ならあんたはんの土俵で勝負したるわ！　そんで、筋トレなんぞでシーカーに勝てると思うた自分を呪いや！」

龍麻呂《たつまろ》が地面を覆う合成ゴムを抉《えぐ》りながら踏み込み、勇雄《いさお》に鋭利な爪を振り抜いた。

それを、勇雄《いさお》は半歩退《ひ》いて紙一重の距離で避《よ》けた。

続けて、龍麻呂《たつまろ》は超高速の斬撃を勇雄《いさお》に浴びせ、勇雄《いさお》はのらりくらりと回避する。

「はんっ、ネズミみたいなやっちゃな。けど、魔力値十八万の出力はこんなもんやない。どんどん速《はよ》うなるで。どこまでも加速する斬撃の雨の中で絶望しいや！」

有言実行。

龍麻呂《たつまろ》の動きはさらに加速し、苛烈さを増していく。

それでも、勇雄《いさお》はマタドールが舌を巻くほどにギリギリでスレスレの回避行動で全ての斬撃をスカしていく。

本来なら、彼と相対した敵はまるで水面《みなも》に映る勇雄《いさお》を斬ろうとするような気持ち悪さを覚える。

だが、まだ全力の半分も出していない龍麻呂《たつまろ》は、嗜虐的《しぎゃくてき》な笑みを浮かべながら講釈を垂れ始めた。

「シーカーとは魔術のエキスパート！　魔力で肉体を強化し、魔術でアポリアを駆逐し万民を守る人類の盾！　やのに魔術はおろか魔力も持たんと何がシーカーや！　あんたはんは弓刀も持たずに合戦へ出るつもりか⁉」

「そのつもりだ」

「どこまで人をナメ腐っとんねん！」

怒りと共に加速しながら、龍麻呂《たつまろ》はさらに激昂《げきこう》した。

「魔力も無いのにシーカーになれるか⁉　そんなん努力でどうこうなるもんやないやろ！」

「確かに努力をしても報われないかもしれない。だが、腐っていても絶対に成功はしない！」

「台詞《せりふ》が臭いわ田舎モンが！」

「台詞《せりふ》が臭い？　それは貴君の性根から漂う腐敗臭だろう？」

「ッツ、こんの三下がぁあああ！」

さらにスピードをもう一段階上げながら、龍麻呂《たつまろ》は足の爪、蹴りも駆使して勇雄《いさお》を殺しにかかってきた。

「ええか！　シーカーは魔力の才あるもんが心技体を鍛えて魔術を磨いて、それでも入学試験大会で多くが夢破れるんや！　どないな手で入学したか知らんが、魔力もないのにシーカー？　そんなんウチだけやない、全シーカー関係者への冒瀆《ぼうとく》や！」

「冒瀆《ぼうとく》？　それはどうかな！」

爪の加速に合わせて、勇雄《いさお》の長巻が閃《ひらめ》いた。

同時に、鈴の音を思わせる涼しげな金属音が鳴った。

「三下の田舎もんが、あ……」

龍麻呂《たつまろ》の右手から、五枚の刃が地面に落ちた。

あの一瞬で、龍麻呂《たつまろ》も気づかないほど無抵抗に斬鉄をやってのけたのだ。

あまりの出来事に瞠目《どうもく》する最強男子に、勇雄《いさお》は不敵な笑みを見せた。

「私は貴君らが魔術を磨く時間も兵法に捧《ささ》げてきた。それは、決して魔術に劣るものではないと自負している。さぁ来るがいい、超自然現象《チート》に守られた強者よ。底辺が相手だ！」

「クッ」

悔しげに舌打ちをしてから大きく背後へ跳んで、龍麻呂《たつまろ》は距離を取った。

「目障《めざわ》りな無能が。ウチはなぁ、無駄な足掻《あが》きで煩わされるんが腹立つんや！　青龍《せいりゅう》！」

全身に金属装甲をまとった龍麻呂《たつまろ》が左手の爪で空間を薙《な》ぐと、地面からは水が生じて龍《りゅう》の頭の形を取り、勇雄《いさお》に襲い掛かってきた。

金属に続いて水を扱ったことに、大和《やまと》たち一年十組は驚愕《きようがく》した。

「あれは陰陽術《おんみようじゆつ》ですね」

ベンチ席で、真白《ましろ》は大和《やまと》たちの疑問に答えるように説明した。

「現在、我々が使っている魔術《ロゴス》は明治以降、欧米から持ち込まれ、体系化された魔力技術です。明治以前は古武術のように、日本独自の魔力技術が存在しました。そのひとつが京都発祥の陰《おん》陽術《みようじゆつ》です」

大和《やまと》も、それは聞いたことがある。けれど、現代でもその伝承者がいたことに驚く。

「かつて、陰陽師《おんみようじ》は無機物を依《よ》り代《しろ》に式神と言う魔力のしもべを操ったと言います。それを応用すれば、あらゆる属性を使いこなせるというわけですね」

「そんな凄《すご》い技術なら、どうして廃れたんですか？」

それが本当なら、誰でも全属性を扱える真白《ましろ》のような万能選手になれてしまう。

だが、真白《ましろ》は残念そうに頭を悩ませた。

「う～ん、幼い頃からの修行が必須ですからねぇ。年齢制限のある陰陽術《おんみようじゆつ》は近代国家に相応《ふさわ》しくないと判断されたようです」

「なるほど」

「でも先生、それって武芸でどうにかできる相手なんですか？」

「無理ですね」

「無理なんですか⁉」

蜜也《みつや》の不安げな声に、真白《ましろ》は即答だった。

「魔術よりも武芸のほうが強ければシーカーはいりません。だからこそ、軍隊の近代化に伴い一度は廃れた魔術はアポリアの登場で再評価され、シーカーは誕生したのです」

「じゃあマズイじゃないですか！」

蜜也《みつや》の悲鳴に、真白《ましろ》はやや声を重たくした。

「はい。だからここが彼の正念場です。全ての属性を操る敵に打ち勝った時、彼の戦闘スタイルは、初めて完成するのです」

真白《ましろ》の言葉に、大和《やまと》も緊張で手に汗を握った。

——勇雄《いさお》。


「さぁ、液体は切れへんで！」

「いや、切れるようになった」

水龍《すいりゅう》の突撃に、勇雄《いさお》は動じることなく白刃《はくじん》を閃《ひらめ》かせた。

龍《りゅう》の頭は左右に割れて素通り。だが、割れた頭は空を駆け頭上から噛《か》みかかってきた。

「ウチの術はその程度じゃ死なへんで！」

「問題ない」

勇雄《いさお》は右手のスナップで、ふところから取り出した手榴弾《しゅりゅうだん》を投げつけた。

龍《りゅう》の頭は爆散して、周囲に水飛沫《みずしぶき》が散った。

「シ、シーカーが手榴弾《しゅりゅうだん》やと？」

「言っただろう？　魔力戦闘以外の全てを修めたと」

勇雄《いさお》はニヒルに笑いながら、雨の中を駆け抜けた。

「それが何の役に立つんや！　才能がないなら潔《いさぎよ》く諦めろや！」

「それは違うな。人は困難に抗《あらが》うからこそ成長できる。潔《いさぎよ》いとは諦めることではない。逆境に立ち向かう覚悟を決めることだ！」

「こざかしい！　玄武《げんぶ》！」

焦《あせ》る龍麻呂《たつまろ》が地面を蹴ると地面に亀甲《きっこう》模様が走った。

合成ゴムを突き破り、無数の石柱が飛び出してくる。

「足場をくれて助かる」

が、勇雄《いさお》はアスレチック感覚で飛び越え、龍麻呂《たつまろ》との距離を十メートルにまで詰めた。

「嘘《うそ》やろ⁉　なら触れられもしない電撃を喰《く》らいや！　麒麟《きりん》！」

龍麻呂《たつまろ》が狼狽《うろた》えながら叫ぶと、馬蹄《ばてい》の音と共に空間がスパーク。

彼の頭上から黄金の稲妻がほとばしった。

「ならば触れなければ良《い》い！」

勇雄《いさお》が長巻を投擲《とうてき》して龍麻呂《たつまろ》との間の地面に突き刺した。

稲妻は避雷針に屈するがごとく、長巻に吸収されて、地中へと逃げた。

「チッ、無駄な努力をッッ！　朱雀《すざく》！」

焦燥感に駆られる龍麻呂《たつまろ》が続けて放ったのは、炎の鳥だった。

鳳凰《ほうおう》のように優美な姿に、会場の誰もが息を呑《の》んだ。

「炎は切れん、触れん、流せへん！　これで詰みや！」

勝利を確信して、龍麻呂《たつまろ》の口角が上がった。

「問題ない」

勇雄《いさお》は通りしなに回収した長巻を頭上に放り投げると、左右の腕でそれぞれ反対の円運動を切り払い、鳳凰《ほうおう》を一息にかき消した。

廻《まわ》し受《う》け。

空手の基本防御の型であり、あらゆる攻撃に対応できるソレは勇雄《いさお》の手により、鳳凰殺し《チート・スレイヤー》へと昇華していた。

「な……あぁ……」

「努力が報われるとは限らない。そんなことは百も承知だ。だが私は強くなりたい。その為《ため》に努力したくてたまらない。努力をしていないと、夢が遠ざかりそうで怖いのだよ！」

「ぐ、カァアアアアアアアアアアアアアアアア！」

龍麻呂《たつまろ》が最後に頼ったのは、最大出力による炎の壁だった。

魔術テクも何もない、ただの出力頼み。

優美さの欠片《かけら》もない、ただの力技だ。

だが、これこそが最善手だった。

アメリアとの戦いの後、勇雄《いさお》自身が言ったことだ。自分は面制圧に弱い。

戦いを見守る大和《やまと》は一瞬、息を止めて成り行きを見守った。

そして……。

「疾《は》ッ！」

迫る業火《ごうか》の壁目掛けて、勇雄《いさお》は手榴弾《しゆりゆうだん》を投げつけた。

手榴弾《しゆりゆうだん》は業火《ごうか》の根元で炸裂《さくれつ》。

勇雄《いさお》は、その爆心地目掛けて前回り受け身で転がり込んだ。

魔力値十八万の業火《ごうか》は、手榴弾《しゆりゆうだん》の衝撃波と空気膨張で、一瞬だけ手榴弾《しゆりゆうだん》の爆炎で穴埋めされる。その、劣る炎に背中から突っ込んだ勇雄《いさお》は灼熱《しやくねつ》の壁を潜《くぐ》り抜《ぬ》けて、ついに龍麻呂《たつまろ》との距離を踏み潰した。

「捉えたぞ、貴君を、射程圏内にな！」

「はっ、得物もないのに強がるなや！」

素手の勇雄《いさお》に、龍麻呂《たつまろ》は左手の爪を振り上げた。

「いや、得物ならあるさ」

勇雄《いさお》が空っぽの手を上段に構え、龍麻呂《たつまろ》と同時に振り下ろしの体勢に入った。

刹那、先程の廻《まわ》し受《う》け直前に放り投げた長巻が、ジャストタイミングで勇雄《いさお》の手に落ちてきた。

「なぁっっ⁉」

「噴ッ！」

裂ぱくの気合と共に勇雄《いさお》が長巻に全体重と筋力を乗せて地面まで落とすと、龍麻呂《たつまろ》の左肩から先が地面に落ちた。

「があっ！」

悲鳴を上げながら、龍麻呂《たつまろ》は尻もちをついた。

「ぐぅっ、この、魔力もない出来損ないの分際でぇ！」

「魔力が無いのは欠点ではない！　魔力が無いと駄目だと思った時、欠点になるのだ！」

苦悶《くもん》に歪《ゆが》む顔に、勇雄《いさお》は長巻の切っ先を突き付けた。

「脳天を狙わなかったのは親善試合故の手心だ。さぁ、敗北を認めろ！」

龍麻呂《たつまろ》の完全敗北は誰の目にも明らかで、客席がにわかにざわついた。

龍麻呂《たつまろ》は関西でも有名なトップランカーであり、彼が敗北すれば、親善試合は関東側の勝利で決まるのだから、無理もないだろう。

だが、油断なく長巻を突き付ける勇雄《いさお》の前で、龍麻呂《たつまろ》の顔は微笑を湛《たた》えた。

「何がおかしい？」

「いやぁ、堪忍《かんにん》や。まさかウチの奥の手まで使うハメになるやなんて思わなかったからなぁ」

苦悶《くもん》に歪《ゆが》んでいたのが嘘《うそ》のように、龍麻呂《たつまろ》は愉快そうに立ち上がった。

「そんで、ホンマ悪いことしたわぁ。田舎モンの分際で、ウチに勝てるかも、なんて儚《はかな》い夢を見せてしまって」

「ッ！」

時間を巻き戻すように落ちた龍麻呂《たつまろ》の左腕が跳ね上がり断面同士がくっついた。

まるで安いホラー映画だ。

「ウチをここまで追い詰めた褒美《ほうび》に教えたる。これは死の概念を依《よ》り代《しろ》に肩代わりさせる陰陽《おんみよう》術《じゆつ》の秘奥義《ひおうぎ》。ようするに、核を壊さんとウチは無限に再生し続ける。けど、その核はここは別の場所に保管しとる。つまり、あんたはんは絶対にウチを傷つけられへんちゅうことや！」

有頂天になりながら朗々と語る龍麻呂《たつまろ》の説明に、客席は湧きたち、大和《やまと》たちは絶望した。

反則、まさに、チートだ。

無限再生能力の核が別室にある。

それでは勝ちようがない。本来ならば、禁止にすべき能力だろう。

だが、それでもなお、勇雄《いさお》は諦めなかった。

「破ッあああああああああ！」

必殺の連続斬りを炸裂《さくれつ》させ、勇雄《いさお》の長巻は龍麻呂《たつまろ》を八つ裂きにしていく。

だが、龍麻呂《たつまろ》は眉一つ動かさない。

むしろ、呆《あき》れ顔《がお》だ。

「せやから無駄や言うてるやろ？　聞き分けのないやっちゃな。それに、ウチの白虎《びゃっこ》は魔力のある限り修復でけるけど、あんたはんの長巻は有限やろ？」

次の瞬間、龍麻呂《たつまろ》の左手が勇雄《いさお》の長巻をつかみ取り、握り潰した。

「魔力値十八万の身体能力ナメ過ぎや」

「問題ない」

「は？」

未練なく長巻から手を離した勇雄《いさお》は、鋼の装甲に正中線四連突きを叩《たた》き込《こ》んだ。

「ガッ⁉」

常人の拳に膝を屈し、超人は仰向けに倒れた。

空手に実在するこの技は、ただの連続突きではない。

まず、右拳を相手のみぞおちに叩《たた》き込《こ》む。

次に左拳を叩《たた》き込《こ》めばただの連続突きであり、龍麻呂《たつまろ》の強化されたスピードには通じない。

二撃目は、みぞおちにめりこませた右拳を跳ね上げ、手首で相手の顎を打ち払うのだ。

顎への衝撃は脳を揺らし、意識をコンマ一秒奪う。

どれだけ魔力で肉体を強化しようと、豆腐のように脆《もろ》い脳味噌《のうみそ》に鋼の強度は持たせられないし、肉体構造は変わらない。

そして意識を奪い、顎をカチ上げ無防備に晒《さら》された喉に、満を持して左拳を叩《たた》き込《こ》む。

最後に右拳で相手の恥骨を撃ち抜けば、相手は確実に体の支えを失う。


「上地《うえち》先生、私の勝利コールを」

「え⁉」

離れた場所に立つ上地《うえち》天姫《あまめ》は、気まずそうな顔で龍麻呂《たつまろ》を見下ろした。

だが、自チームの敗北を認めたくないのか、天姫《あまめ》は強気に返した。

「ま、まだや！　まだ西条院《さいじょういん》くんは戦闘不能になってへんわ。よう見いや！」

などと、天姫《あまめ》が喋《しゃべ》っている間に、龍麻呂《たつまろ》は起き上がった。

「残念やったな。戦いはここからが本番、いや、もうオシマイか？」

「そうか、なら魔力が尽きるまで殴るしかないな」

「へ？」

「当然だろう？　再生には貴君の魔力が使われているのだからな。そして、貴君の魔力が尽きた時、再生されず貴君は息絶えるのだ」

まるで寝耳に水どころか氷を落とされたような表情で、龍麻呂《たつまろ》は凍り付いた。

どうやら、そんな方法は思いもよらなかったらしい。

「さて、ではここからはチキンレースだ。死にたくなければ降参するがいい」

漲《みなぎ》る闘志を両手に握り、勇雄《いさお》は構えた。

対する龍麻呂《たつまろ》は恐怖に青ざめ、一歩あとずさってから……。

「なら、なら殺せや！」

白虎《びゃっこ》の装甲を完全再生させて、そう叫んだ。

「ウチを軟弱なそこらのボンボンと一緒にするなや！　ウチは京都の名門、西条院家《さいじょういんけ》が嫡男！　西条院龍麻呂《さいじょういんたつまろ》！　ウチの背には関西校の、否、全関西民の矜持《きょうじ》が懸かっとるんや！　命惜しさに名を汚すようなマネするか！」

決死の態度に、観客は静まり返ってから、万雷の拍手が沸き上がった。

龍麻呂《たつまろ》の態度を見れば、普段、彼があまり好かれていないことは想像できる。

だが、彼の実力もまた本物。

関西校の生徒たちは、彼に嫉妬と羨望《せんぼう》が渦巻く複雑な感情を向けていたのだろう。

しかし、この試合で誰もが龍麻呂《たつまろ》のことを見直していた。

「さぁ来いや東の田舎モン！　その拳でウチの首を獲《と》ってみぃ！」

「上地《うえち》先生、私の負けだ」

勇雄《いさお》の敗北宣言に、天姫《あまめ》と龍麻呂《たつまろ》は絶句した。

「親善試合で殺人を犯すわけにもいくまい。恐怖で貴君に降伏を促す方法もいくつか考えたが、いずれも親善試合の場には相応《ふさわ》しくない。アメリアとの戦いで液体対策ができたつもりだったが、まさか殺さぬと勝てぬ相手に殺さず勝たねばならん局面にでくわすとは、この世はままならぬものだ」

あまりの出来事に呆《ほう》ける龍麻呂《たつまろ》に、勇雄《いさお》は満足げに笑った。

「貴君のおかげで、自身の弱点がわかった。私の兵法は、未《いま》だ道半ばだ。だが、次に会う時はさらに強くなっていることを約束しよう」

言って、勇雄《いさお》が背を向けると、龍麻呂《たつまろ》は声を上げた。

「って、あんたはんその背中！　ズル剝《む》けやないか⁉」

彼の言う通り、勇雄《いさお》の背中は無残に焼けただれ、さらにその上から血が噴き出していた。

「手榴弾《しゅりゅうだん》の爆炎を背中で受けたからな。当然だ」

「な、なんでそこまで……あんたはんにとってこれは、ただの親善試合なんやろ⁉」

「無傷で得られる勝利などあるものか。肉を切らせて骨を断てるなら、五体を切らせなければ敗北は断てまい？」

背中越しの言葉に、龍麻呂《たつまろ》はうつむき、左右の拳を震わせた。

敗北感に打ちひしがれる龍麻呂《たつまろ》をその場に残して、勇雄《いさお》は胸を張り、堂々と自分のベンチ席へと帰った。

◆

ベンチ席では、誰もが感想に困っていた。

しかし、勇雄《いさお》の雄姿を前に真白《ましろ》は誇らしげに語った。

「どうですか皆さん。あれが、魔力ゼロでありながら誰よりも多くの引き出しを持つ、全方位死角なしの万能シーカー、獅子王勇雄《ししおういさお》です。最大魔力値も、魔術適性も、ただの飾りに過ぎません。彼は、それを世界に示してくれるでしょう」

真白《ましろ》の言葉に、ある生徒は息を呑《の》み、ある生徒は毒づくように舌打ちをした。

そして、ある生徒は感動に打ち震えていた。

その一人は大和《やまと》であり、蜜也《みつや》だった。

――勇雄《いさお》。俺は、お前のライバルでいられることを自慢したくてしょうがねぇよ。

満ち足りた気持ちに、大和《やまと》の口元は笑みを作った。

◆

龍麻呂《たつまろ》は青ざめたままベンチ席へ戻ると、無理やり威厳のある表情を取り繕った。

「どうや、これがウチの力や。ウチが作ったこの機会、無駄にしたら許さへんぞ」

「貰《もら》いものの勝利で偉そうに」

炭黒《すみぐろ》の冷厳な一言に、龍麻呂《たつまろ》は恥じるように歯を食いしばった。

すると、フォローするように大阪女子が快活に笑った。

「心配せんでもええて。何せ向こうの副将は補欠の雑魚《ざこ》やろ？　そんでこっちの大将はアスミンや。ウチらの勝ちは一〇〇パーセント揺るがへん！」

最後に見せた笑みは、快活というよりも、むしろ血に飢えた野獣のソレだった。

◆

ベンチ席へ戻った勇雄《いさお》は、開口一番、皆の前で頭を下げた。

「勝てずにすまなかった。私のせいでチームの全戦全勝を逃すことになってしまった。それに大和《やまと》、貴君との約束を果たせず申し訳ない」

「気にすんなよ。いま負けても、最後に勝てばお前も勝ちだろ？　何度でも挑もうぜ」

みんなも大和《やまと》と同じ気持ちなのだろう。勇雄《いさお》を責める人は誰もいない。

アメリアでさえ、不満そうではあるものの、口を閉ざしている。

そして、真白《ましろ》に至っては実に満足げだった。

「何を言いますか。この親善試合の目的は勝つことではありません。成長することです。それに勝利とは目的を果たすこと。ならば、君は十分に勝者ですよ」

「はい」

勇雄《いさお》は力強く、晴れやかな顔で応えた。

なにはともあれ、これで親善試合は二対一。

次の試合で勝てば関東校の勝利だが、負ければイーブン。勝敗は大将戦に持ち越される。

大和《やまと》としては、副将戦で炭黒《すみぐろ》を倒して関東校の勝利を決めて、蜜也《みつや》には勝敗を気にせず戦って欲しい。

――蜜也《みつや》は戦闘向きじゃない。負担はかけたくないよな。

だが、大和《やまと》の想《おも》いとは裏腹に、関西側からは炭黒《すみぐろ》ではないほうの選手、虎シャツインナーの大阪女子が出てきた。

「じゃあ、次は僕だね」

「頑張ってね、ハニー♪」

「うん！」

愛する彼女のエールを受け取り、蜜也《みつや》は気合十分に前に出た。

大和《やまと》も、心の中で蜜也《みつや》の無事と勝利を願った。

ストレージから出した刃付手甲《ジャマダハル》を両前腕に装着してフィールド中央に立つと、蜜也《みつや》は相手の女子と真っ向から向き合った。

「逃げずによお来たな！　ウチは一年一組高坂福来《こうさかふくきたる》。最大魔力値は十二万や！」

不遜な態度に臆せず、蜜也《みつや》も名乗り上げた。

「僕は一年十組、蜂道蜜也《はちみちみつや》。最大魔力値は五万五〇〇〇だよ」

「はんっ、ウチの半分かいな。それに、なんか弱そうやなぁ」

品定めをする商人《あきんど》のように目を細めて、高坂《こうさか》は蜜也《みつや》のことをためつすがめつ眺めまわした。

「よく言われるよ。でも、戦いに見た目は関係ないだろ？」

「まぁな。そんでジブン、能力なんやねん？」

「蜂だよ。蜂の能力を蜂以上に再現できるんだ」

「いやホンマに答えてどうすんねん！」

「あ、そうか！　今の無しで！」

「無理や！」

蜜也《みつや》の赤面は、上空に展開されている巨大ＭＲ画面に映し出され、観客も笑っていた。

「ホンマ、調子狂うで。けどジブン虫けらか。そんなんで、よう出てこよう思うたな？」

高坂《こうさか》の軽口に、蜜也《みつや》の赤面が眉の機首を上げた。

「もしかして、虫を馬鹿にしてる？」

「当たり前やろ。教えたるわ。この試合がゾウとアリの戦いやってことをなぁ！」

試合開始のブザーが鳴ると、同時に高坂《こうさか》は叫んだ。

「べヒィイイイモォオス！」

途端に、高坂《こうさか》の全身にグリッド線が駆け抜けた。

魔力のモデリングには一瞬でテクスチャが張られて実体化。

それは、牛の角を生やした巨大なトラだった。

牛並みの体格でありながら後ろ足で立ち上がると、頭の高さは三メートルに達した。

ナイフのような牙がずらりと並んだ口が開いて、重低音の声が響いた。

「さぁ、とっとと始めよか？　巨獣と虫けらの戦いをなぁ！」

五枚の爪を振りかぶり、高坂《こうさか》は猛然と突進してきた。

視界を埋め尽くす重圧と足の裏に感じる振動に恐怖しながらも、蜜也《みつや》は自身に逃げるなと言い聞かせた。

「これでも喰《く》らえ！」

まず蜜也《みつや》が両手を突き出して放ったのは、透明な液体だった。

噴水のようにほとばしるソレを、高坂《こうさか》は一応警戒した。

「なんやコレ？」

「蜜蠟《みつろう》だよ！」

そう言って、次に放ったのは一枚の網だった。

その後も、次から次へと両手の十指から太い糸を放出し続けた。

「ぺっ。蜜蠟《みつろう》と蜂糸で動きを封じてから毒針をブスリって腹かいな。けどなぁ！」

高坂《こうさか》が力を入れると、網は引き裂かれ、足は地面から剝がれた。

「ッ、一応、鋼鉄の五倍以上の強度があるんだけど？」

「悪いなぁ、ウチのベヒーモスのパワーはそれ以上や！」

体勢を立て直すために、蜜也《みつや》は空へ飛んで逃げた。

「逃がすかぁ！」

コンマ一秒後。

高坂《こうさか》は真上に十メートル以上も跳び、蜜也《みつや》に追いついた。

「嘘《うそ》だろ⁉」

「喝ッ！」

振り下ろされる極太の斬撃を、蜜也《みつや》は反射的に両腕のジャマダハルを交差させて防いだ。

ジャマダハルは不快な金属音を上げて砕けて、蜜也《みつや》は地面に容赦なく叩《たた》き落《お》とされた。

「くっ」

受け身を取ってなお、全身に響く衝撃に表情を歪《ゆが》めながら顔を上げると、上空から殺意に満ちたケダモノが降ってきた。

蜜也《みつや》はすかさず横に転がって避《よ》けると、手首の内側から毒針を出した。

着地直後の高坂《こうさか》の背中に掌底を叩《たた》き込《こ》むと、必殺の毒針が深く刺さった。

――よしっ！

確かな手ごたえを感じるも、それは早計だった。

「阿呆《あほ》が！」

牛のように太くて長い尾が、わき腹を打ち砕いた。

アバラが折れる激痛に息を詰まらせながら、蜜也《みつや》は右手から糸を、左手から蜜蠟《みつろう》を奔《はし》らせた。

「だから効かん言うてるやろ。無駄な努力が好きなやっちゃなぁ！」

嘘《うそ》である。

蜜蠟《みつろう》と蜂糸は、ベヒーモスを封じるには力不足かもしれない。

けれど、動きを鈍くするには十分だ。

その効果は、彼女の攻撃を回避することで証明した。

蜜也《みつや》の最大魔力、つまり出力は高坂《こうさか》の半分。

その上、勇雄《いさお》のような体術を持っているわけでもない。

そんな蜜也《みつや》が獣王の猛攻を凌《しの》ぎながら、カウンターの毒針を打ち込んでいるのだから、これは本物だろう。

蜜也《みつや》はバトルフィールド中を逃げ回りながら、確実に毒針を刺していく。

「これで七発目！」

しかし。

「魔術で作ったオーバーボディに毒が効くわけないやろ！」

高坂《こうさか》が突然四《よ》つん這《ば》いになると、今まで倍の速度で突進してきた。

蜜也《みつや》は度肝を抜かれながらも、どうにか身をひねって鋭利なツノを避《よ》けた。

が、堅牢《けんろう》な頭骨に胸板を打ち抜かれて、呼吸はおろか心臓すら一瞬止まる錯覚に襲われた。

「がはぁっ！」

大量の血を吐き出し赤い放物線を描きながら、蜜也《みつや》の体はプラズマバリアに激突してから地面にぐちゃりと落ちた。

まるで、トラック事故だ。

「やれやれ、これでウチらの二勝。あとは大将戦でアスミンが勝って関西校の……お？」

獣王の視線の先で、蜜也《みつや》はとめどなく血を吐き、白ランを真っ赤に染め上げながら、震える膝で立ち上がった。

その姿はまるで余命いくばくも無い重症患者そのもので、とてもではないが見ていられるものではなかった。

「しぶといやっちゃな。いや、しぶとすぎる。ジブンの体、それどうなっとんねん？　今の攻撃でアバラはグシャグシャ。内臓もいくつか破裂したんと違うか？」

「……さぁ、て……それはどうかな……」

血色を失った血染めの表情で、息も絶え絶えの蜜也《みつや》を、高坂《こうさか》は嘲笑した。

「カッ。目障《めざわ》りなやっちゃな。何をそこまで頑張るねん。その能力、強さ、事情は知らんけど、ジブン関東のトップ5ちゃうやろ？　負けたかて恥ずないやろ？　そないにムキになって何と戦っとんねん？」

「君と戦っているんだよ。大切な人のために、ね」

ベヒーモスの瞳が、ちろりとベンチ席のＬＩＡ《リア》を射抜いた。

「なぁる。あのボインの彼女にええとこ見せようっちゅうわけか？　スケベやなぁ」

蜜也《みつや》は、喋《しゃべ》る余力もないまま口角を上げて、口元だけで強がってみせた。

「先生、蜜也《みつや》を棄権させてください。このままじゃ蜜也《みつや》が！」

「それはできません」

ベンチ席で緊迫する大和《やまと》とは違い、真白《ましろ》は冷たいほどに冷静だった。

「なんでですか⁉」

「これは彼の戦いだからです。生徒が命がけでことを成し遂げようとしている時、止めるのは教師のすることではありません」

「ッッ」

真白《ましろ》の言うことは間違っていない。

だけど、蜜也《みつや》の苦痛を想像すると、大和《やまと》は平静ではいられなかった。

虫も殺せないほどに優しい、まして、戦闘系能力を持たない蜜也《みつや》がベヒーモスに襲われる。

その恐怖は、かつて大和《やまと》が幼い頃にアポリアに襲われた時にも劣らないだろう。

どうにか真白《ましろ》を説得する方法を大和《やまと》が模索していると、無機質な声が割り込んできた。

「心配しなくてもハニーは殺させないよ」

絶対零度の表情で戦いを見据えるＬＩＡ《リア》は、真紅の髪が揺らめき、鋭い眼光には殺意しか映っていなかった。

「アレはボクのものだ。ハニーが殺されそうになったら、あのオンナを殺してハニーを助ける。ボクなら、頭さえ無事なら治してみせるさ」

あまりに情のない態度に、大和《やまと》は感情的に怒鳴った。

「お前、そういう問題じゃないだろ！　ただの親善試合で、なんで蜜也《みつや》があそこまで無茶しているかわかるか⁉　お前のためだぞ！」

当然、関東校勝利のためでもあるだろう。

けれど、たかがそれだけの理由で、血反吐《ちへど》を吐いて戦えるわけがない。

大和《やまと》は以前、男子会で蜜也《みつや》が言っていたことを思い出していた。

「あいつがシーカーになったのは、お前を守るためだ！　お前を守れるくらい、強い男になりたくて、あいつはシーカーになったんだ！　それをお前――」

死神のような視線がこちらに向けられて、大和《やまと》は絶句した。

「アレはボクのハニーだ。お前のじゃない」

あまりに重く冷たい、深海のような言葉に、大和《やまと》は視線を蜜也《みつや》へと戻した。

関東校の勝利も、真白《ましろ》の言う成長もどうでもいい。

安否を危惧しながら、大和《やまと》は友の無事を祈った。

「蜜蠟《みつろう》も蜂糸も毒針も効かず、空へ逃げても追いつかれる。無様なもんやなぁ」

じりじりと距離を詰めてくる高坂《こうさか》に、防戦一方の蜜也《みつや》は苦笑を浮かべた。

「そうだね。でも、頑張る姿は誰だって無様なもんだよ」

人形のように軽々と回転しながら、蜜也《みつや》は宙を舞い、不気味な水音を立てて地面を弾み転がった。

右腕と右肩の骨は砕け、鋭利な爪が胸板を五筋に斬り裂いた。

横薙《よこな》ぎの爪を、蜜也《みつや》はほとんど反射に近い動きでガードした。

「生意気言うなや！」

「今度こそ、終わりやな。砕けたアバラが肺や心臓に刺さって致命傷。先生、すぐに勝利コールしてヒーラーを呼んで――」

二本足で立ち上がる蜜也《みつや》に、高坂《こうさか》は愕然《がくぜん》として言葉を失った。

「な、なんや、なんなんやジブン⁉　まさか龍麻呂《たつまろ》みたいに核がよそにあるんか⁉」

「違うよ。ただ、これでもタンクヒーラーだからね。そう簡単に潰れちゃ駄目だろ？」

「タンクヒーラー……なんでそないなポジションがタイマン勝負に、いや、そんなことよりもまさか今までのケガ、全部自分で治していたんか⁉」

「ご名答……」

血を吐き捨てながら、蜜也《みつや》はニヤリと笑った。

彼が背筋を伸ばすと、切り裂かれた白ランが落ちて上半身が晒《さら》される。

観衆の前で、五筋の切り傷は汚れをふき取るように塞がっていく。

けれど、肉体が再生しても激痛による精神的消耗はそのままだ。

蜜也《みつや》は苦悶《くもん》に顔を歪《ゆが》ませながら、やせ我慢とわかる声を漏らした。

「僕には無敵の防御力なんてない。だけど、死なない限りは立って誰かを守る盾になれる。こういうタンクもいるんだよ」

過ぎた自己犠牲感に、高坂《こうさか》は怖気《おぞけ》が走ったように身震いをした。

「なら回復魔術が使えんよう、頭ド突いて気ぃ失わせたるわ！　⁉」

怖気《おぞけ》を振り払うように声を張り上げた高坂《こうさか》が一歩踏み出すと、そのままベヒーモスの巨軀《きょく》が膝を折り崩れ落ちた。

「なっ⁉　ベヒーモスの操縦が利《き》かん！　どないなったんや⁉」

高坂《こうさか》がパニックになりながら答えを求めると、蜜也《みつや》は徐々に姿勢を正しながら、右手に力を集めていった。

「蜂の毒には、たんぱく質を分解するタイプのものがあるんだ。見たところ藤原貴咲《ふじわらきさき》さんのラジコン・ナイツみたいな金属ボディじゃなくて、本物の動物っぽかったから。魔力で作られたたんぱく質なら、痛みはなくても内側から壊せるんじゃないかなって。気づかなかった？　僕が毒針を打ち込んだのは、半分以上が関節部分だよ」

「そないなことを⁉」

むしろ、痛みがないからこそ、高坂《こうさか》は蜂毒の危険性に気づけなかった。ベヒーモスの特性を、逆手に取られた形だ。

「くっ、せやけどどないするんや？　ジブンかてウチにトドメは刺されへんやろ？」

「いや」

ほとんど死に体の蜜也《みつや》だが、その右手首からは、オオスズメバチのオオアゴ、その片刃を思わせる、禍々《まがまが》しい刀身が構築されていく。

「知ってるかい？　ミツバチは体を高速振動させて超高熱を作り出して、天敵のスズメバチを蒸し殺すんだ」

蜜也《みつや》の言葉を引き金に、刀身が緋色《ひいろ》に輝き、白い煙が上がった。

ベヒーモスは目を丸くして固まった。

「ヒートヴァイブロブレード……これが、僕が考えた唯一の攻撃技だ。この長さなら、ベヒーモスの中にいる君にも、届くんじゃないかな？」

「や、やめっ――」

「はぁあああああ！」

必勝の掛け声と共に、蜜也《みつや》が蜂の刃を振り下ろした。

直前、ベヒーモスの体が雲散霧消して、高坂《こうさか》の本体がバックステップで回避してからベヒーモスの体を再構築。彼女は再び直立巨獣の中にひきこもった。

「え⁉」

驚愕《きょうがく》する蜜也《みつや》に、高坂《こうさか》は高笑った。

「かーかっかっかっ！　ホンマに阿呆《あほ》やなぁ！　せやからこれはウチの魔力で作ったオーバーボディやっちゅうたやろ！　壊れたら解除して再構築すれば完品やがな！　そんで、ジブンの攻略法ならさっきオトモダチが教えてくれたで！　無限再生系は魔力がなくなるまでボコればええんやろ？　死なれたら困るさかい、じわじわ行かせてもらうで。途中で気絶できたらご愛《あい》敬《きょう》や。さぁ、痛い目ぇ見たくなかったら、とっとと降参しいや！」

「それは、君も同じだろ！」

蜜也《みつや》は両手首の外側にオオアゴの刃を、内側に毒針を構築すると、ベヒーモスの巨軀《きょく》と真正面から斬り合った。

もう広いフィールドを逃げ回るようなことはせず、超ド級ボディに張り付くようにして、死地で攻撃を避《よ》けながら毒針を刺して、体を裂かれながら刃で斬りつけ、骨を砕かれながら破裂した内臓を再生させていく。

「■■■■■■■■■■■■■■■■■■■■■■■■■■‼‼」

「アァアアアアアアアアアアアアアアアアアアアアアアア‼‼」

常に全身から血を噴出させながら、獣の咆哮《ほうこう》に負けじと絶叫しながら蜜也《みつや》は食い下がり続けた。

普段の、小さな虫一匹にすら愛を注ぐ友愛の徒である彼からは想像もできない、苛烈な戦いぶりだった。

常軌を逸した必死さに、十組の面々は気圧《けお》され、大和《やまと》は奥歯を噛《か》みしめた。

蜜也《みつや》は、人工生物であるLIA《リア》を守るために、シーカーになった。

そして真白《ましろ》は言った。

人は相手や状況によって態度が変わる。

あの優しい少年をここまで変貌させるのがLIA《リア》への愛なのか。

LIA《リア》のために強くなりたいという想《おも》いは、彼をここまで駆り立てるほどに強いのか。

大和《やまと》は、まだ本物の恋愛をしたことがない。

けれど、蜜也《みつや》の熱情を前に大和《やまと》は愛が持つ強さを肌で感じた。

溢《あふ》れる殺意を抑えながらも、蜜也《みつや》の気持ちを尊重して耐えるLIA《リア》。

LIA《リア》を守れる男になれるよう、命をかけて強くなろうとする蜜也《みつや》。

二人の愛に比べれば、自分が宇兎《うさぎ》を想《おも》う気持ちなんて子供のソレだと、大和《やまと》は恥ずかしくなった。

――がんばれ蜜也《みつや》！　負けるな蜜也《みつや》！

熱くなる涙腺から涙が溢《あふ》れるのを抑えながら、大和《やまと》は叫んだ。

「蜜也《みつや》ぁあああああああああ！　勝てぇえええええええええええええ！」

大和《やまと》の声を背に受けながら、蜜也《みつや》の体は加速した。

蜜蠟《みつろう》でベヒーモスの足を地面に縫い付けてから毒針を肩に打ち込む。

蜂糸の網をベヒーモスが引き裂いている間に、蜂剣で胸板を串刺そうとする。ソレは身をひねって高坂《こうさか》本人には避《よ》けられた。惜しかった。

蜜蠟《みつろう》を顔面に浴びせて視界を奪ってから、首に蜂糸のロープをかけながら頭上を飛び越えて、ベヒーモスの背中に立ち手綱を引く要領で首を絞めた。

「これでぇぇぇぇぇぇぇぇ終わりだぁあああああああああああああああ！」

声を張り上げながら蜜也《みつや》は満身の力で手の平の皮膚が破けるほど強くロープを引いた。

トラや牛を模したベヒーモスの手は、背中には回らなかった。

「ニセモンの首絞めたかて窒息するか阿呆《あほ》！」

ベヒーモスのトラ頭が、猫のように一八〇度回って蜜也《みつや》に嚙《か》みかかった。

ベンチ席で、大和《やまと》たちが蜜也《みつや》の名前を呼んで悲鳴を上げた。

直後、ベヒーモスが前のめりに倒れ込んだ。

蜜也《みつや》も気を失ったように背中から転がり落ちて腹ばいになる。

やがて、ベヒーモスの肉体が消滅した。

剝《む》き出《だ》しになった高坂《こうさか》は口から胃液を吐きながら、白目を剝《む》いて痙攣《けいれん》していた。

明らかに、蜂毒の症状だ。

「な……なん……で……」

意識が朦朧《もうろう》とする高坂《こうさか》に、蜜也《みつや》は息を吐きながら説明してやる。

「ベヒーモスの中から、君は喋《しゃべ》っていた。つまり、君は何らかの方法で呼吸をしていたんだ。だから、熱で気化させた毒を散布しながら戦っていたんだ」

「⁉ なら、急に逃げんと至近距離で戦い続けていたのは……やぶれかぶれやなくて」

「君を、毒の濃霧の中にとどまらせるためだよ……だから良かった。もしも、君が呼吸をしていなかったら、魔力切れで僕の負けだった……」

傷が再生せず、そのまま衰弱していく蜜也《みつや》に、高坂《こうさか》は怒りをぶつけた。

「なんでや……ウチのほうが魔力も、能力も上やった。なんでアタッカーのウチがこんな虫けらのタンクヒーラーに負けたんや！　ウチのが強いはずやのに！」

毒の症状に苦しみながら怒りで意識を保たせる高坂《こうさか》に、蜜也《みつや》もまた薄くなる意識の中で自分の想《おも》いを吐露した。

「ここに来る前、勇雄《いさお》がね、言っていたんだ。戦いは強い人が勝つんじゃない。勝利への道筋をつけた人が勝つんだ……て。だから、僕は僕の能力で勝てる工夫をしたんだ。そして」

両者ノックアウトにならないよう、腹ばいの蜜也《みつや》は震える脆弱《ぜいじゃく》な四肢を地面に突き立て、曲げることのない信念を象徴するように背筋を伸ばした。

「僕の勝ちだ……」

勝利コールを聞いてから蜜也《みつや》は目をつぶり、マネキンのように無抵抗に背後へと倒れた。

けれど、彼の背中が地面につくことはなかった。

無重力のベッドが彼を支え、くちびるは優しいぬくもりに包まれた。

重たいまぶたを開けると、桜色の瞳に自身の瞳が映っていた。

甘いキスが離れると、ＬＩＡ《リア》は蜜也《みつや》の全身に回復魔術をかけながら無感動に見下ろしてくる。

「怒ってる？」

蜜也《みつや》の苦笑に、ＬＩＡ《リア》は冷たい笑みを返した。

「嘘《うそ》つきはキライだからね。結婚の約束をしておきながら自分を大切にできないのは許さないよ」

「ほんとだね。能力が通じなくて、こんなボロボロになって、魔力も尽きて君に支えられている。ぶざまで、なさけなくて、かっこわるい……」

「ああ。けど」

蜜也《みつや》が自嘲気味に笑うと、ＬＩＡ《リア》はこつんと互いの額を合わせた。

「……キミの勝ちだ」

体の傷はもう治っている。

そして消耗した心も、いま、回復した。

「あ、大和《やまと》」

大和《やまと》たちがフィールド中央へ駆けつけると、蜜也《みつや》はＬＩＡ《リア》の腕に抱かれながらこちらに微笑《ほほえ》んでくれた。

「僕、勝ったよ」

「ああ。見ていた。お前すげぇよ、本当に」

同時に羨ましくもあった。

あそこまで必死になれるほど愛し合える相手と巡り合える人なんて、そうはいないだろう。

そして勉強させられた。

人は、愛する気持ちであそこまで強くなれるのだと。

――なんて、わざとらしくて臭い感想だけど、そう思うのは勇雄《いさお》の言葉を借りるなら俺の性根が腐っているからかな？

大和《やまと》が冗談交じりの苦笑を噛《か》み殺《ころ》していると、蜜也《みつや》は口元を綻ばせた。

「これで大和《やまと》、親善試合のことを忘れて戦えるよね」

「え？」

意味が解《わか》らず大和《やまと》が呆《ほう》ける間も、蜜也《みつや》は嬉《うれ》しそうに笑いながら続けた。

「だって大和《やまと》、炭黒《すみぐろ》を反省させて、宇兎《うさぎ》に謝って欲しいんでしょ？　同じ勝つのでも、親善試合に勝つためなんて雑念があったら、集中できないじゃないか。だから、三勝一敗でもう僕らの勝ちだから、大和《やまと》は何も気にしなくていいよ」

「……………………」

蜜也《みつや》の言葉のひとつひとつが、大和《やまと》の心を震わせた。

ひとつめよりもふたつめ、ふたつめよりもみっつめの言葉が、より強く、大きく大和《やまと》の心を打つ。

大和《やまと》はずっと、蜜也《みつや》はＬＩＡ《リア》のために戦っているものだとばかり思っていた。

だって、蜜也《みつや》自身が、彼女のためにシーカーになったと言ったから。

でも違った。

優しい少年を、血反吐《ちへど》を吐いて戦う程に駆り立て突き動かす熱情の正体はＬＩＡ《リア》への愛ではなく。

「じゃあお前、まさか……俺のために？」

まぶたが上がり、胸の鼓動で声を震わせる大和《やまと》に、蜜也《みつや》は大きく笑った。

「うんっ。だって、炭黒《すみぐろ》は宇兎《うさぎ》を傷つけたんだもん」

みんなの中で心配そうに佇《たたず》む宇兎《うさぎ》を一瞥《いちべつ》してから、血まみれの手は大和《やまと》の手に触れてきた。

その手は、さっきまで満身創痍《そうい》だった人物とは思えないくらい熱かった。

「大切な人をいじめられたら、大和《やまと》だって許せないよね」

蜜也《みつや》の力強くも穏やかな笑みに、大和《やまと》は熱い涙腺を抑えられなかった。

蜜也《みつや》のことは友達だと思っていた。

だけど、自分が思っていた以上に自分は蜜也《みつや》に想《おも》われていたらしい。

宇兎《うさぎ》への恋心を、蜜也《みつや》に話したことはない。なのに彼は大和《やまと》の気持ちを察して、体を張ってくれたのだ。

「なんで……俺らはまだ会って一か月も経《た》っていないじゃないか……」

涙で歪《ゆが》む視界の中で、蜜也《みつや》は一点の曇りもない言葉を口にした。

「大和《やまと》が僕に、チームになろうって言ってくれた時は、もっと嬉《うれ》しかったよ」

その一言で、大和《やまと》は人生観が変わるほどの衝撃を受けて、目から感涙がこぼれ落《お》ちた。

同時に、炭黒《すみぐろ》への怒りが再燃した。

——蜜也《みつや》の言う通りだ。

勇雄《いさお》と蜜也《みつや》の戦いが凄絶過ぎて失念しかけていたが、それが本来の目的だ。

大和《やまと》は炭黒《すみぐろ》を許さない。

仲間の存在を否定し、宇兎《うさぎ》を傷つけた炭黒《すみぐろ》を許せるわけがない。

その感情が、究極の友情を示してくれた蜜也《みつや》のお陰で極限まで高まり、全身の血液が沸騰するような闘志に心が震えた。

「ありがとうな。お前のお陰で、全力以上を出せそうだ！」

「よかった」

蜜也《みつや》が頷《うなず》くと、真白《ましろ》が緊迫した声を漏らした。

「では、いきますよ大和《やまと》くん。親善試合は我々の勝ちですが、ラスボスがお待ちかねです」

真白《ましろ》の視線の先では、関西校首席、炭黒亜墨《すみぐろあすみ》が絶対零度の殺意を滾《たぎ》らせながら、音もなくこちらへ向かっていた。

高校生とは思えない危険性を本能で感じて、大和《やまと》は前に進み出た。

「宇兎《うさぎ》」

「う、うんっ」

背中越しに突然声をかけられた宇兎《うさぎ》は、緊張した返事をした。

「待っていろ。あいつをお前の三倍泣かせやる！」

揺らぎない自信に裏打ちされた声に、宇兎《うさぎ》は明るく頷《うなず》いた。

「うん！」

「それではこれより、東西親善試合大将戦を始めます！」

担任の上地天姫《うえちあまめ》の言葉を受けて、大和《やまと》と炭黒《すみぐろ》は数メートルの距離を隔てて視線を衝突させた。

かたや灼熱《しゃくねつ》の闘志を、かたや寒烈なる殺意を充溢《じゅういつ》させる二人の間は、もはや高校生同士の親善試合とは思えない必殺の間合いと化していた。

「炭黒《すみぐろ》。親善試合は俺らの勝ちだ」

「せやな」

「だから、この戦いに学校は関係ない。ただの私闘だ」

「ウチは最初からそのつもりや。興味があるんはウチの勝利、そして、仲間に頼る卑怯《ひきょう》モンにホンモノをわからせることや」

ここに来てなお仲間を否定する炭黒《すみぐろ》に、大和《やまと》は感情を叩《たた》きつけるように宣言した。

「みんながお膳立てしてくれた舞台で、俺はお前に勝つ！　勝って後悔させてやる！」

「イキがるなや……雑魚《ざこ》が！」

試合開始のブザーが鳴ると同時に、大和《やまと》は両手を突き出して最大級の技を放った。

四〇〇〇度の爆炎と衝撃波が音速で炭黒《すみぐろ》へ殺到する。

その威容には、ベンチ席のアメリアでさえ息を呑《の》んだ。

だが、炭黒《すみぐろ》は迷うことなく、すでに魔術を発動させていた。

大和《やまと》の必殺ヴォルケーノバーストと同じサイズを誇る氷水の津波が彼女の背後からほとばしり、大和《やまと》の力と対消滅した。

巻き起こる烈風から目をかばうように腕を上げながら、大和《やまと》は目を剝《む》いてしまった。

――水⁉　あいつ闇属性じゃないのか⁉

闇属性。

それは光を吸収するとされる仮想物質、暗黒物質《ダークマター》を作る魔術である。

暗黒物質とは物質でありエネルギーでもある特殊な存在だ。

密度が高ければ光、つまりは電磁波だけでなく原子同士が引き合う結合力も吸収してしまうため、あらゆる物質をその性質に関係なく原子レベルで切り裂ける。


——だけど弱点もある。原子はたった一グラムのアルミでも二二〇垓《がい》（一兆の一億倍）個も含まれている。その結合力を全て吸収なんてできない。だから闇属性は物質を原子レベルで粉砕する超火力ではなく、切断するのがせいぜいだ。

だから斬撃で防げないよう、面制圧を試みたのだが、完全にアテが外れてしまった。

——でも！

「水相手なら慣れているんだよ！」

大和《やまと》は足から地面に魔力を伝えて、周辺で噴火現象を再現しようとした。

仮に地面を水浸しにしても防げるものではないだろう。

だが、舌打ちの後に炭黒《すみぐろ》が地面に手をつけると、合成ゴムの地面が裂けて下の土ごと大地が羽扉のように左右にめくれ開いた。

大和《やまと》の魔力を受けた部分の地面は、大和《やまと》たちの外側に向かって噴火して崩れ落ちた。

口を開けて愕然《がくぜん》とする大和《やまと》を、炭黒《すみぐろ》は目を細めて冷たく嘲笑した。

「どうしたんや雑魚《ざこ》火山。品切れか？」

「ッ、俺が噴火だけだと思うなよ！」

気を取り直して、大和《やまと》は両手に紅蓮《ぐれん》に赫《かがや》く火山雷を生み出し、重低音の雷鳴を響かせた。

蕾愛《らいあ》にも劣らない雷撃が、炭黒《すみぐろ》目掛けて駆け抜けた。

ネームドアポリアでも、中級ならば一瞬で消し炭になり得る一撃に、だがやはり炭黒《すみぐろ》は冷淡だった。

彼女が右手をスナップさせると、地面から避雷針が生えて大和《やまと》の雷撃を土中に逃がした。

「⁉」

「何を驚いてるんや？　雷撃は避雷針で防ぐ。んなもんそっちのサムライもやっていた基本中の基本やろ。こんなんにいちいちビビるような雑魚《ざこ》やから、仲間とつるまんと生きてられんのやろが！」

炭黒《すみぐろ》の右腕に黒い雷光が走り、地響きのような雷鳴を轟《とどろ》かせ、冥府を思わせる漆黒の閃光《せんこう》が幾重にも枝分かれしながら殺到してきた。

「チィッ！」

大和《やまと》も、かつて蕾愛《らいあ》相手にそうしたように、地面から避雷針を生やして防ぎながら、その場を離れた。

——なんなんださっきから。水に土に雷って、まさかあいつ、真白《ましろ》さんみたいに全属性使える万能型なのか⁉

もしそうだとすれば、魔術テクでは勝ち目がない。

——なら、接近戦だ！

走りながら、両手からオレンジ色に赫《かがや》く液体金属を溢《あふ》れさせる。

宇兎《うさぎ》直伝の超硬合金マチェットソードを両手に構築すると、大和《やまと》は背中とカカトから噴火。

ヴォルスターの推進力で、一気に炭黒《すみぐろ》との距離を詰めた。

「女やからパワーで押し切れるとでも思うたか？　甘いわ！」

振り下ろしたマチェットソードが炭黒《すみぐろ》の体をすり抜けた。いや、勇雄《いさお》と同じ、紙一重の回避がそう感じさせるだけだ。

攻撃が空ぶったところへ、カウンターのボディブロウがめり込み、固い拳の感触が胃袋に響いた。

「ガッ！　ツアァアアアアア！」

痛みを無視して、二撃目の斬撃を振るうも炭黒《すみぐろ》には当たらない。

炭黒《すみぐろ》は紙一重の回避の後にカウンターの一撃を叩《たた》き込《こ》み、大和《やまと》をいたぶった。

武器を使えばもっと早くに決着を付けられるのだろうが、炭黒《すみぐろ》はあくまでも大和《やまと》を絶望の淵《ふち》に叩《たた》き落《お》とし、無力を痛感させたいらしい。

しかし、そんな時間も彼女の気まぐれで終わりを告げた。

「飽きたわ」

炭黒《すみぐろ》が頭上に跳んだ。

真上からの攻撃に、大和《やまと》はマチェットを交差させて防御姿勢を取った。

直後、炭黒《すみぐろ》は空を足場に三角跳びをキメ、二人に増えて大和《やまと》の左右に着地した。

——は？

二人の炭黒《すみぐろ》が小刀を振るった。

大和《やまと》は、左右のマチェットソードでそれぞれ防ごうとして、小刀が漆黒の闇に呑《の》まれた。

◆

「炭黒亜墨《すみぐろあすみ》。彼女は忍者です」

一年十組のベンチ席では、真白《ましろ》が宇兎《うさぎ》たちに講義を行っていた。

「龍麻呂《たつまろ》くんの陰陽術《おんみょうじゅつ》同様、忍術もまた、日本の古式魔術のひとつです。秘匿性が高く詳しくは不明ですが、火遁《かとん》の術に代表されるように、誰でも修行しだいで複数の属性を使えるのが特徴です」

「すごい、でも、なんで今は廃れちゃったんですか？」

宇兎《うさぎ》の当然すぎる問いに、真白《ましろ》は淡々と答えた。

「徳川幕府が滅亡し、日之和《ひのわ》忍軍《にんぐん》が組織解体された後、彼らは再編成を陳情しましたが、習得が難しすぎること、属性ひとつあたりの汎用性が低いことを理由に、明治新政府からは【非効率で中途半端《ちゅうとはんぱ》な技術】として却下された歴史があります。彼女は、現代では数少ない忍術の正統継承者。その中でも歴代最強と言われるほどの鬼才の持ち主です」

「それ、大和《やまと》には」

「教えていません」

「なんで教えてあげないんですか⁉　先生、大和《やまと》に勝って欲しくないんですか⁉」

宇兎《うさぎ》が責めるような口調で声を荒らげる一方で、真白《ましろ》は平静だった。

「教師の役目は生徒を勝たせることではありません。育てることです。初体験の相手にその場で対応する力を養わなければ、彼の夢は叶《かな》いません」

「それは……でも……大和《やまと》は、勝てるんですか？」

「忍術を用いた複数属性攻撃や分身の術、忍者故の殺人戦闘技術。幼い頃からあらゆる荒行を潜《くぐ》り抜《ぬ》けてきた彼女の戦闘能力は、大和《やまと》くんの数段上です。普段なら一〇〇回挑んでも勝てないでしょう」

「そんなっ！」

宇兎《うさぎ》の顔は泣きそうに歪《ゆが》むも、真白《ましろ》は少しも狼狽《うろた》えていなかった。

むしろ、期待の眼差《まなざ》しで大和《やまと》を見守っていた。

「何が不安なんですか宇兎《うさぎ》さん？　私は言ったはずですよ。普段なら、とね」

真白《ましろ》の不敵な言葉に、宇兎《うさぎ》は目を丸くしてから大和《やまと》へ視線を戻した。

◆

刀身が地面に落ちて、重さを失った両手の得物に大和《やまと》は血の気が引いた。

「分身の術……お前、忍者だったのか……」

「せやな」

二人の炭黒《すみぐろ》がバック転で距離を取りながら重なり、一人に戻った。

その手には、宇兎《うさぎ》を切り刻んだ闇の刃《やいば》が握られている。

逆に、大和《やまと》の手には刀身を失ったグリップしかなかった。

一筋の汗が、額を伝って落ちた。

「一応聞くけど、それって刃こぼれとかするのか？」

「せぇへんな。ダークマターは闇そのもの。形状は自由自在でまぁ水みたいなもんや」

同じくマチェットソードを無抵抗に切断したアメリアのアクアソーを思い出して、大和《やまと》は苦笑いを作った。

「せっかく頑丈なマチェットソード作っているのに、こんなんばっかかよ」

——けど、まだ勝算はある。魔術テクも、格闘術も、炭黒《すみぐろ》のほうが上だ。アメリアの時と同じだ。そういう相手には、これしかない！

大和《やまと》は自分の左右からマグマを噴き出させると、一気に炭黒《すみぐろ》の左右へと走らせた。

その様子を、炭黒《すみぐろ》は不動の表情で視線を動かし観察していた。

左右を冷え固まった溶岩の壁に挟まれ、まるで通路にでも迷い込んだような気分だ。

「逃げ道はなくなった！　悪いけど付き合ってもらうぜ、俺の土俵になぁ！」

大和《やまと》が両手を突き出して放ったのは、紅蓮《ぐれん》を超えて金色に発光するマグマの津波だった。

一部が気化するほど高温の大質量波が、狭い通路を疾風怒濤《どとう》の勢いで貫いていく。

あまりの熱波に衝撃波が走り左右の壁が飴細工《あめざいく》のように熔《と》け始《はじ》めた。

——これならさっきみたいに水遁《すいとん》の術で熱を相殺《そうさい》されても冷えた溶岩の質量で押し潰せる！

いや、相殺《そうさい》なんてさせねぇ！

「魔力値五三万！　ナメんじゃねぇぇぇぇぇぇぇぇぇぇぇぇぇぇぇ！」

七年間、山肌を殴り続けてついには山脈を貫通し鍛えた最大魔力値。

アメリオン合衆国記録保持者アメリアと並ぶソレこそが、大和《やまと》最大の武器だ。

小手先の技術なんて関係ない。

単純な出力勝負に持ち込めば、自分に敵はいない。

一芸馬鹿と罵られた青年の、生き様を体現した戦法だ。

——⁉

突き刺さるような悪寒《おかん》に、大和《やまと》は視線を上げた。

マグマの向こう側、炭黒《すみぐろ》から、尋常ではない魔力の波動を感じた。

アメリアよりも遥《はる》かに強い。

まるで、魔力測定日に感じた、鬼龍院刀牙《きりゅういんとうが》やＬＩＡ《リア》のソレだ。

——まさか……ッ。

「嘘《うそ》だろ⁉」

マグマの津波を遥《はる》かに超える、巨大な漆黒の大津波が押し寄せてきた。

津波は絶望を体現するように死神の姿を取り、マグマをかきわけ迫ってきた。

「クソッ、がぁあああああああああああ！」

満身の力を絞り出すように、大和《やまと》は想《おも》いの全てをマグマに込めるも、冥府の巨神は止まらない。

最後は回避に専念して、大和《やまと》はヴォルスターでバックブーストをかけるも、死神は前のめりに倒れながらも追いすがり、四散した影が大和《やまと》を襲った。

大和《やまと》は地面に叩《たた》きつけられて転がった。

波が引くように轟音《ごうおん》が静まると、大和《やまと》はすぐさま自身の体をチェックした。どうやら、五体は無事らしい。

だが、状況は好転していない。

白煙が晴れた先には、眉ひとつ動かさず、冷淡な表情でこちらを見下す炭黒亜墨《すみぐろあすみ》、関西校首席が佇《たたず》んでいた。

「まさか……出力で俺が負けるなんて……」

大和《やまと》の漏らした感想が聞こえたのか、ベンチ席では蕾愛《らいあ》に負けた藤原貴咲《ふじわらきさき》が高笑っていた。

「まさか一〇〇万パワーを誇る亜墨《あすみ》と力比べする阿呆《あほ》がいるとは思わんかったわ！」

「なん、だと？」

真白《ましろ》が言っていた。関西には自分同様、日本高校記録を大幅に超えた生徒がいると。

だから、三〇万や四〇万は想定していた。

けれど、まさかＬＩＡ《リア》や鬼龍院刀牙《きりゅういんとうが》と同じミリオンクラスとは思っていなかった。

「ウチの情報を喋《しゃべ》るなやカトンボが」

炭黒《すみぐろ》にたしなめられて、藤原《ふじわら》は気まずそうに口を閉じた。

「まぁバレたならええわ。けどこれでわかったやろ？　魔術テク、体術、魔力値、全てにおいてウチが上。お前が勝つ見込みはゼロや」

誰が聞いても、絶望してしかるべき状況だろう。

大和《やまと》も、反論を探すが思いつかなかった。

スペックで勝てないなら何か奇策を。

そう思っても、彼女ならどんな奇策にも瞬時に対応できるであろうと大和《やまと》は悟ってしまう。

体温を失った手の平を固めながら、歯を食いしばる。

——駄目なのか⁉　本当に、勝てないのか⁉

絶望してなるものかと、かつて自分を助けてくれた、そして自分が尊敬する最高のシーカー、浮雲秋雨《うきぐもあきさめ》ならこんな時にどうすると、大和《やまと》は必死になって自分に問いかけた。

一方で、炭黒《すみぐろ》は冷めきった顔で嘆息を吐《つ》いた。

「所詮、カトンボなんてこんなもんやな。ウチはお前らと違って群れん。ホンモノの強さを持つモンは仲間なんていらないからや。自分を鍛える根性も才能もない分際でプライドばかりデカイ有象無象共が寄せ集まって強者気取り。ウチはなぁ、そういうクズが一番目障《めざわ》りなんや」

炭黒《すみぐろ》の言葉で、大和《やまと》は思考が止まった。

次から次へと頭に浮かんでは胸に響く思い出が、大和《やまと》に思考する余裕を与えなかった。

「一人で勝たれへんならシーカーなんてやめてしまえ！　他人を頼るしか能のない無能の根性無しがさえずるな！」

虫も殺せないほど優しく攻撃魔術を持たない蜜也《みつや》は、自分が気兼ねなく戦えるようにと血反吐《ちへど》を吐きながら戦ってくれた。理由は、前にチームを作ろうと言ってくれたからだと言う。

魔力が無くても最強になれることを証明しようとする勇雄《いさお》は、自分のために秋雨《あきさめ》のコピーアポリアに立ち向かってくれた。

蕾愛《らいあ》も、そのアキサメに勝てないとわかっていながら挑み、足止めしてくれた。

そして宇兎《うさぎ》は、大和《やまと》が困った時、落ち込んだ時、いつも力になってくれた。アキサメの時は、自分との約束を守るために最初に戦ってくれた。

彼らと引き合わせてくれた真白《ましろ》は言った。


「一〇たす一〇が一〇〇にも二〇〇にもなる友達を作ること、それがシーカー、いえ、人間にとって一番大切なことなんですよ」

「良き師匠に支え合う仲間と高め合うライバルがいれば、才能なんてチンケなものです。先生から教わるのも良《い》いですが、友達と教え合うのも良《い》いものですよ」


情熱が思考を凌駕《りょうが》した。

気が付けば、大和《やまと》は最大火力のヴォルカンフィストを打ち込んでいた。

炭黒《すみぐろ》はとっさに避《よ》けるも、空ぶった衝撃波だけでプラズマバリアが揺れた。

「はんっ、まだやる気か？」

「当たり前だ！」

体温を失った両手が熱い。

大和《やまと》には勝算なんてなかった。

だが、そんなことはどうでもよかった。

ただ大和《やまと》は、炭黒《すみぐろ》を許せなかった。

「弱い奴《やつ》が協力して補い合うことの何が悪いんだよ⁉」

「分不相応やろが！」

大和《やまと》の拳を避《よ》けて、炭黒《すみぐろ》はカウンターのボディブロウを腹に叩《たた》き込《こ》んできた。

が、大和《やまと》は怯《ひる》まず、逆に零距離《ぜろきょり》ヴォルカンフィストを腹に打ち込んだ。

「チィッ！　やせ我慢か⁉」

爆炎にまかれながらもバックステップで距離を取り、炭黒《すみぐろ》は顔を歪《ゆが》めた。

「初めてだな。お前が驚いた顔するのは」

「ッ！　阿呆《あほ》が。カトンボの足掻《あが》きに顔をしかめただけや！　もうええ。マジで殺したる！」

大和《やまと》の挑発に、炭黒《すみぐろ》は激昂《げきこう》すると、彼女の体が黒く塗り潰れた。

白い紙に墨汁を垂らしていくように、黒を超えた黒《くろ》が、彼女から陰影と濃淡を消失させた。

空間にシルエット型の孔《あな》が空いているようにしか見えない。

光の反射率ゼロが生み出す闇の衣は凹凸すら認識させず、大和《やまと》から距離感を奪った。

それは、見えない敵と戦うのに近い。

にもかかわらず、大和《やまと》は迷わず殴り掛かった。

案の定、大和《やまと》のヴォルカンフィストは片っ端から避《よ》けられてカウンター攻撃を喰《く》らい続《つづ》けるも、彼の拳は止まらなかった。

激痛を怒りで無視して繰り出したイラプションアーツが炭黒《すみぐろ》の左肩をかすめた。

大和《やまと》の超加速が、炭黒《すみぐろ》の反応をわずかに凌駕《りようが》したのだ。

そのことでプライドが傷ついたのか、炭黒《すみぐろ》は声を荒らげる。

「ッツ！　いい加減諦めろや！」

「諦めろ？　無駄な努力が好きだなおい！」

ヴォルスターで距離を取りながら両手を前にかざして、マグマの塊を放った。

炭黒《すみぐろ》は水遁《すいとん》の術をぶつけて鎮火させてから、闇の刃《やいば》を網目状に展開。冷えたマグマは賽《さい》の目《め》状にカットされた。

炭黒《すみぐろ》が距離を詰めてくると、大和《やまと》は火山性の毒ガスである硫化水素を作り迎え入れた。

なのに、炭黒《すみぐろ》は減速することなく、闇の刀で斬り込んできた。

イラプションアーツで避《よ》けなければ、腕の一本は落とされていただろう。

「この臭《にお》いは硫化水素か？　忍者に毒が効くわけないやろ。肉体強化と回復魔術を併用すればイチコロや。無駄な努力が好きなのはどっちや」

「勝ちたいからな。勝つための努力をするんだよ！」

「たわけが！」

大和《やまと》がヴォルカノンを撃つと、タングステンの砲弾は闇の刀で両断され、あらぬ方向へ飛んでいく。

だが、炭黒《すみぐろ》の意識がヴォルカノンに向いている隙に距離を詰め、殴り掛かった。

そこから、二人は壮絶な接近戦を展開した。

大和《やまと》は宇兎《うさぎ》と指切りをした左右の拳で、炭黒《すみぐろ》は全てを切断する闇の刀を縦横無尽に操り、互いの命を狙い続けた。

身体能力も体術も武器も上の相手に挑む接近戦。

しかしこれこそが、大和《やまと》に残された唯一の勝機だった。

大和《やまと》にはヴォルスターという加速技がある。

スピードだけは、炭黒《すみぐろ》を上回る可能性があるのだ。

――もっとだ。もっと早く！　もっと速く!!　もっと疾《はや》く！！！

現状、両者のスピードは拮抗《きっこう》している。

それでは足りない。

スピードが同じなら、戦闘技術で勝る炭黒《すみぐろ》には勝てない。

――全魔力をヴォルスターに込めろ！

炭黒亜墨《すみぐろあすみ》は、戸惑っていた。

――おかしい。コイツの魔力値はウチの半分。なのに、どんどん速くなっている？

事実、限りなく炭黒《すみぐろ》に迫っていたスピードは拮抗《きっこう》し、いつの間にか、追い抜かされつつある。

忍びとしての戦闘技術で補っているが、単純な速度では負けている。

答えは単純、亜墨《あすみ》が弱くなっているのだ。

魔力値一〇〇万はあくまで最大値。

亜墨《あすみ》はペース配分を考えて出力を落として戦っているし、ボディビルダーもフルマラソンの後では重たいバーベルを持てないように、魔力も消耗すれば出力は余計に落ちる。

一方で、大和《やまと》の魔力出力は常に五三万をキープしている。

それはまるで、マラソンランナーと短距離走選手の戦いだ。

なのに、大和《やまと》の出力はまるで衰えない。

「数字が証明している！　ウチの魔力値は一〇〇万、そっちはたかだか五三万やろ？」

「勇雄《いさお》の戦いを見ていないのかよ。数字で戦うわけじゃない。俺らは、熱意で戦うんだ！」

「ガキ臭いことを、げほっ⁉」

むせこんでから、黒い人型の声が戸惑いに揺れた。

「喉が……これは、熱か⁉」

最大出力イラプションアーツを常時使うことで、フィールドの空気は焼け、いつのまにか炭《すみ》黒《ぐろ》の肺を焼いていた。

戦いに熱中し過ぎて、上昇する温度に気づかなかったらしい。

「次から次へと！」

わずらわしそうに声を張り上げてから、炭黒《すみぐろ》は闇の衣を脱ぎ捨て足元から周囲に津波を起こした。

冷え切った水が熱気を飲み込み、フィールドは冷気に満ちた。

「いつまでも無駄なことを。お前のつまらん策がウチに通じるか！　いい加減負けを認めろ！」

「万策が尽きたら一万一個目の策でお前に勝つ！　諦めなければ戦いは続く、俺はまだ負けていない！」

未《いま》だなお熱い闘志に燃え盛る大和《やまと》の両眼《りょうめ》に、炭黒《すみぐろ》は癇癪《かんしゃく》を起こした。

「なら闇に沈め！」

次の瞬間、ダークマターをバトルフィールド全体に散布し、会場から光を消した。

目をつぶってもここまで暗くはならないだろうという漆黒の中、観客のどよめきが聞こえる。

「これが闇属性の真骨頂！　情報の九割を目に頼る人間は闇の中では無力や！　これでお前のつまらん策も――」

目の前の赫《かが》きに、炭黒《すみぐろ》は絶句した。

大和《やまと》の体がマグマのようにオレンジ色の光を放ち、その上からまとった紅蓮《ぐれん》の火山雷が、周囲を照らし出した。

漆黒の中で赤く光る大和《やまと》は、まさに闇を切り開く救世主のようだった。

「諦めろ！　俺は、お前の魔力が俺の十倍でも諦めねぇ！」

炭黒《すみぐろ》は目を丸くして、一歩退《ひ》いた。

「なんや⁉　なんなんやお前は⁉　なんで他人のためにそこまでするんや⁉」

後ずさる炭黒《すみぐろ》を前に、大和《やまと》は真白《ましろ》の言葉と、宇兎《うさぎ》と交わしたふたつの約束を思い出した。

「約束は信頼だ。この人なら守ってくれるって信頼しているから、人は約束をするんだ！」

「宇兎《うさぎ》、お前の約束、俺が引き継いでいいか？　俺は、この親善試合で必ず勝つ」

そう言って、右手の小指で彼女と約束した。

「俺からも新しく約束させてくれ。炭黒亜墨《すみぐろあすみ》を倒して、必ずお前に謝らせてやる！」

そう言って、左手の小指で彼女と約束した。

炭黒《すみぐろ》に腕を切断され、しびれの残る手で彼女は大和《やまと》と信頼の指切りをしてくれた。

「なら、裏切れないよなぁあああああああああああああ！」

握り拳を作る基点であり、宇兎《うさぎ》と交わした想《おも》いの象徴である両手の小指を何よりも硬く固めて、大和《やまと》は左右の肘から、最大火力の噴火を発動させた。

――イラプションアーツ・デュアル・インパクト!!

大気を激震させる轟音《ごうおん》と爆轟《ばくごう》の推進力と共に大和《やまと》の両拳が同時に放たれた。

まさに電光石火を超えた雷光石火の拳に、炭黒《すみぐろ》は勝利を確信した嗜虐《しぎやく》的な笑みで闇の刀を構えた。

「ウチの勝ちや！」

大和《やまと》の拳が闇の刀身に激突した。

漆黒は中指の付け根から拳の中央、そして手首まで切り裂き……なおも拳は止まらなかった。

「は？」

刀身は大和《やまと》の前腕をみるみる切り裂き、肘まで到達しようとうする。

それは同時に、大和《やまと》の拳が前進し続けているということでもある。

眼前に迫る裂けた拳に、炭黒《すみぐろ》の顔から余裕が消えて驚愕《きようがく》に塗り潰された。

腕を両断されているのだ。大和《やまと》とて、痛くないわけがない。だが。

――宇兎《うさぎ》は、もっと痛かったんだろうな。それをこいつは……。

身を引き裂く激痛の中、大和《やまと》の胸にあったのは、宇兎《うさぎ》の笑顔だった。

「うん、約束だよ！」

――ツッ！　ツイン・ヴォルカン・フィスト!!

なお加速し過熱し続ける熱情を余すことなく裂けた拳に込めて、大和《やまと》は炭黒《すみぐろ》の胸板に想《おも》いを炸裂《さくれつ》させた。

灼熱《しゃくねつ》と、閃光《せんこう》と、轟音《ごうおん》がフィールドを埋め尽くし、プラズマバリアを破裂させた。

プラズマバリアを貫通してフィールド端の壁に叩《たた》きつけられた炭黒《すみぐろ》は、床に落ちると血を吐きながら大和《やまと》を見上げた。

「う、腕を切らせて武器ごと殴るなんて……イカレているんか……」

「そのイカレたことを宇兎《うさぎ》にしたのはどこのどいつだ？」

「自分からいく阿呆《あほ》はお前だけや」

「かもな。けど、俺がここまでしてでもお前に勝ちたいと思えたのは宇兎《うさぎ》のおかげだ。仲間のおかげだ！　その仲間をバカにするお前を、俺は許さない！」

大和《やまと》の言葉に、炭黒《すみぐろ》は反論の言葉も立ち上がる力すらなく、歯を食いしばり震えた。

大和《やまと》の勝利コールがなされたのは、すぐ後だった。

その様子を、一年十組の生徒は皆ベンチ席から立ち上がり、大和《やまと》の勝利を喜んだ。

自尊心の強い御雷蕾愛《みかずちらいあ》や空上青広《そらうえあおひろ》でさえ、興奮を抑えられなかった。

だが一人、アメリオン合衆国のエース、アメリア・ハワードだけは炭黒《すみぐろ》の敗北に息を呑《の》み、穏やかではいられない表情で大和《やまと》を見据えていた。

第三章　人は一人でも生きていけます。ですが一人では自分を守れません

壁に背中を預けて、床に座り込む炭黒《すみぐろ》を見下ろしながら、大和《やまと》は語気を強めた。

「約束だ。宇兎《うさぎ》に謝れ！」

「…………ッツ」

試合に負けてなお、反骨精神の変わらない眼差《まなざ》しで睨《にら》んでくる炭黒《すみぐろ》は、長い沈黙の後に毒づいた。

「阿呆《あほ》か。そんなんお前が勝手に言うてるだけやろ。ウチは間違ってへん」

「お前」

大和《やまと》の機先を制するように、炭黒《すみぐろ》はまくしたてた。

「そもそも謝って何の意味がある？　謝れば罪がチャラにでもなるんか？　違うやろ。過去は変わらん。人間はな、過去にしたこと全部背負って一生生きるんや！」

その通りだ。

けれど、ソレとコレとは話が別だ。

「……謝れば済むわけじゃねぇ。でもな、謝れない奴《やつ》は最低だ」

「最低で結構。お前の評価なんかいらんわ！　どうせ二度と会わんやろ！」

度を越したふてぶてしさに、大和《やまと》の中で怒りが再燃した。

自分の都合で宇兎《うさぎ》を傷つけておきながら反省も謝罪の言葉もなく、他人を否定し尽くした挙句に負けてもなお自身の間違いを認めない。

まさに、煮ても焼いても食えない真正の悪党。

大和《やまと》の中で、どうしようもないほどのドス黒い憎悪《ぞうお》がうずまいた。

――どうして、こんな奴《やつ》がいるんだ。こんな、人を不幸にしかできない野郎が！


「可哀《かわい》そうな人だ」

大和《やまと》の憎悪《ぞうお》が限界に達する直前、ふと降り注いだ肉声に、大和《やまと》と炭黒《すみぐろ》は振り返った。

いつのまにか、二人の横には真白《ましろ》が立っていた。

その表情は哀れみに満ち、まるで死にゆく無辜《むこ》の幼子を見守るようだった。

「他人を信じず突き放し傷つけることしかできないとは。今まで、信じるに値する人に会えなかったのですね」

同情の念を向けられた炭黒《すみぐろ》は、まるで恥じるように歯噛《はが》みして、うつむいた。

「うっさいわダボが」

自身の回復魔術で治癒したのか、苦し紛れのような悪態をつくと、炭黒《すみぐろ》は壁に寄りかかりながら立ち上がった。

そうして大和《やまと》に背を向けると、彼女は肩越しに刺すような視線を向けてきた。

「けどこれだけは覚えとき。大を救うために小を切り捨てられん奴《やつ》は、結局全部失うんや」

大和《やまと》は首を横に振った。

「俺はそうは思わない。お前言ったよな。五人を救う為《ため》に一人を犠牲にできない奴《やつ》は三流だって。馬鹿言うな。誰かの為《ため》に誰かを犠牲にするのは二流のやることだ。俺の尊敬する人が生きていたら、絶対に六人を救うぜ。何がトロッコ問題だ。俺ならトロッコに体当たりしてでも全員助けるよ」

炭黒《すみぐろ》は一瞬、色を失うも、一睨《ひとにら》みしてから去っていく。

大和《やまと》が釈然としないでいると、背後から宇兎《うさぎ》の声が聞こえた。

「大和《やまと》!」

振り返ると、宇兎《うさぎ》が泣きそうな顔で立っていた。

その横から、LIA《リア》が髪を伸ばしてきた。

大和《やまと》の裂けた両腕を髪で縛り固定しながら、強烈な回復魔術が流れ込んでくる。

激痛が嘘《うそ》のように治まり、尾を引く鈍痛の余韻だけが残った。

「まったく、無茶するねぇ」

「悪い。無傷で勝てる相手じゃなくてさ。それから宇兎《うさぎ》もごめんな。勝つって約束は守れたけど、もうひとつの謝らせるって約束破っちまった」

大和《やまと》が左手の小指を立てて苦笑いを浮かべると、宇兎《うさぎ》の赤い瞳から大粒の涙がこぼれた。

「大和《やまと》のバカ！　約束よりも大和《やまと》の体のほうがずっと大事なんだから！」

真っ赤な顔で握り拳を振り上げるも、大和《やまと》の体をおもんばかってくれたのだろう。

宇兎《うさぎ》は振り上げた拳の落としどころがわからないまま、大和《やまと》の胸板に額をぐりぐりと強めに押し当ててきた。

目の前で揺れる小さな拳が愛らしい。

――なんだろう。いま俺すげぇ幸せ。

「でも、わたしのために頑張ってくれたんだよね？」

くるりん、と上げた顔は、まだちょっと赤いけど、それがはにかんでいるようでとても可愛《かわい》かった。

「ありがとう大和《やまと》。いっぱい嬉《うれ》しいよ」

「……おう」

炭黒《すみぐろ》への釈然としない想《おも》いはあるが、宇兎《うさぎ》の笑顔ひとつで、大和《やまと》は溜飲《りゅういん》が下がった。

見方を変えれば、大和《やまと》にとって宇兎《うさぎ》は、それぐらい愛《いと》しい存在だった。

◆

その日の夜。

真白《ましろ》は関西校一年一組担任、上地《うえち》天姫《あまめ》とバーのカウンター席で酒を飲んでいた。

「亜墨《あすみ》はさぁ……小学生の頃からいじめられていたんよ」

己の無力感を嘆くような虚しい声で、天姫《あまめ》はワイングラスに映る自身を見つめた。

「あいつは幼い頃から天才で、成績は常に一番で、ソレを妬んだボンクラ共が数の力にものいわせてよってたかってや。みんなで口裏合わせて亜墨《あすみ》はいっつも悪者扱い。そのせいやろな、あいつの中では【仲間を使う事は卑怯《ひきょう》】っちゅう価値観が芽生えたみたいや」

酒には手を付けず、静かに聞き入る真白《ましろ》の前で、上地《うえち》はなおも弱音を吐いた。

「中学生向けのシーカー養成施設も同じやったらしい。幹部シーカーやボンボンの子供らは亜《あ》墨《すみ》に勝てないとみるや、実技訓練の度に集団で亜墨《あすみ》をシバき倒した。連中の言い分は『悔しかったらお前も仲間を使え』胸糞悪《むなくそわる》い話やで。おまけに指導員連中まで亜墨《あすみ》に協調性のない問題児っちゅうレッテルを貼りよった」

弱音の中に悔しさを滲《にじ》ませ、天姫《あまめ》はカウンターに両肘をついて背中を丸めた。

「せやから亜墨《あすみ》は余計に自分を鍛えた。一人でも戦えるように、たとえどれだけ多勢に無勢でも勝てるように。誰からも傷つけられないように。なまじ才覚があっただけにそれができてしまった。誰も勝たれへんから、孤高が最強やて信じてしもた」

昼間、気丈に振る舞っていた天姫《あまめ》は両手で顔を覆い、涙声を漏らした。

「真白《ましろ》くん……ウチは、教師失格や……」

彼女が流す涙は、酒のせいだけではないだろう。

彼女は、本気で炭黒亜墨《すみぐろあすみ》という少女のことを心配しているのだ。

涙を流せるほどに生徒を愛せる彼女の慈愛に、真白《ましろ》は嬉《うれ》しさ以上に悔しさが勝った。

――本当に悲劇だ。もう少し早く炭黒亜墨《すみぐろあすみ》が貴女《あなた》と出会っていれば、彼女は傷つかずに済んだのに。

他人を尊重できない邪悪なクラスメイト。

生徒を尊重できず易《やす》きに流れる邪悪な指導者。

そんな現状を良しとする邪悪な教育業界。

地獄のような環境だ。

だから、不幸な子供と子供経験者は減らないのだと、真白《ましろ》は口惜《くちお》しい気持ちでいっぱいだった。

「なぁ真白《ましろ》くん、亜墨《あすみ》のこと、君の教室に転校させてくれへん？」

「何故《なぜ》ですか？」

「関西校には亜墨《あすみ》の相手になる奴《やつ》がおらん。ここにいると亜墨《あすみ》は駄目になる。亜墨《あすみ》の天狗《てんぐ》の鼻をへし折って欲しいんや。ウチじゃあ、あの子を救えんわ……」

「らしくないですね。八年前の貴女《あなた》はもっとやる気に溢《あふ》れていた」

「そうか、真白《ましろ》くんに負けてもう八年になるか……八年努力して、若さと勢いを失い、得たのはこざかしさだけか……」

自嘲気味にぼやいてから、一気にワイングラスを干す彼女の肩を、真白《ましろ》は優しく抱いた。

「まだ若いですよ、お互いにね」

真白《ましろ》にハンカチを手渡され、天姫《あまめ》は涙を拭った。

◆

翌朝。

体育館には、関東校一年十組の十九人と、関西校一年一組の二〇人が整列していた。

みんなの前で、真白《ましろ》と天姫《あまめ》が並んで手を叩《たた》いた。

「はいはい、では皆さんご注目。親善試合の二日目は皆さんお待ちかねの合同捜索任務です」

「今から一時間後、みんなにいくつかの班に分かれてもろて、アポリア役の教師を見つけたら模擬戦をしてもらうで。ただその前に」

天姫《あまめ》の視線が、炭黒《すみぐろ》に向いた。

「亜墨《あすみ》、関東に転校する気はあらへんか？」

担任からの唐突な打診に、炭黒《すみぐろ》は訝《いぶか》しげに眉根を寄せた。

「なんでや？　あんな温《ぬる》い場所におったら腕が腐るわ」

「意味ならあります」

ぬるっと天姫《あまめ》の前に出て、真白《ましろ》はゆるゆると笑った。

「貴女《あなた》は昨日、大和《やまと》くんに負けましたね。貴女《あなた》よりも強い大和《やまと》くんがいる。貴女《あなた》がより強くなるにはこれ以上ない環境だと思いますよ」

「あんなもんは偶然や。最初からウチが殺す気でやっとればカトンボごとき瞬殺や。一〇〇万パワーのウチに勝てるボンクラがいてたまるかいな」

言いながら、腰の小刀を抜いてみせた。

彼女の言う通り、素手による打撃が斬撃だったなら、大和《やまと》は数手で斬り殺されただろう。

「ほう、では貴女《あなた》よりも強い生徒がいればウチに来てくれると？」

真白《ましろ》はしめしめと目元で弧を描いた。

「そないな天才がいればな。けど、仲間のためなんて温《ぬる》いこと言ってる奴《やつ》が代表を務めるような甘ちゃんクラスにウチより強い奴《やつ》がおるんか？」

待ってましたとばかりに、真白《ましろ》はぴこんと人差し指を立てた。

デジャヴ感の漂う光景に、大和《やまと》は同情の念を抱いた。

「ふむ、では勝負をしましょう。なぁに、すぐ終わりますよ。瞬殺、ですから」

「はぁ？　あ〜、もしかしてそっちのパツキン出す気か？　まぁそいつもまぁまぁやけどせいぜい大和《やまと》と互角やろ」

アメリアが僅かに表情を曇らせた。

おそらく、大和《やまと》と同格扱いが気に食わないのだろう。

「いえ、アメリアさんではありません。出番ですよ刀牙くん」

整列する十組の奥から、長身の美闘士が姿を現した。

一九〇センチ近い長身と長い手足にガッシリとした肩幅。

筋肉はよく発達しているが、理知的な美貌は戦士というよりも学者の風情《ふぜい》だ。

しかし、力強い眼光の奥には、一流の戦士だけが持ち得るクロガネの意思を感じる。

ただそこにいるだけで思わずひれ伏したくなるような、英雄然とした存在感を放つ青年に、真白《ましろ》は楽しげに言った。

「先生命令です。井《い》の中《なか》の蛙《かわず》に大宇宙を教えてあげなさい」

「承りました」

厳格な声音に、関西校の生徒は残らず身を硬くした。

◆

体育館横のグラウンドで、生徒たちが見守る中、その戦いは始まった。

関西校首席・炭黒亞墨《すみぐろあすみ》VS関東校?席・鬼龍院刀牙《きりゅういんとうが》。

注目の一戦、と言って良いカードだ。

とはいえ、刀牙《とうが》のことを知らない関西校の生徒たちの反応は冷ややかだ。

「あいつ昨日の試合に出ていなかったよな?」

「ベスト5にも入れないのに炭黒《すみくろ》に勝てるかいな」

「どうせハッタリやろ」

「せやな、見掛け倒しや」

「でもイケメンやなぁ……」

大和《やまと》たちも、実は刀牙《とうが》の戦いを見るのはこれが初めてだ。

それでも、この試合結果は容易に想像できた。

「コールは必要ない。お前の好きな時に始めてくれ」

余裕の言葉に、十メートル先の炭黒《すみぐろ》は眉間にシワを寄せた。

「どうやら関東モンはとことん相手をナメるらしいな……昨日みたいな手加減は、せんで!」

炭黒《すみぐろ》が両腕を振るうと、三日月型の黒い刃《やいば》が無数に放たれた。

そのひとつひとつが、鋼鉄を切り裂く必殺の攻撃だ。

大和《やまと》も、これを撃たれていたら危険だったろう。

だが、刀牙《とうが》は無表情のまま、右手を前にかざすだけだった。

刹那、一瞬の閃《ひらめ》きが奔《はし》り、黒い三日月は煙のようにかき消えた。

「んなっ⁉」

信じられないものを見るような目で炭黒《すみぐろ》が止まるのは一瞬、すぐさま次の手に出た。

だが、火遁《かとん》の術、水遁《すいとん》の術、風遁《ふうとん》の術、雷遁《らいとん》の術、土遁《どとん》の術と矢継ぎ早に忍術を使うも、全てかき消され刀牙《とうが》には届かなかった。

とうとう攻撃の手を休めてしまう炭黒《すみぐろ》に、刀牙《とうが》は口を開いた。

「何を驚いている？　俺は同量の同質、または対属性を叩《たた》き込《こ》み相殺《そうさい》しているだけだぞ？」

炭黒《すみぐろ》を含め、関西勢の顔に衝撃が走った。

「闇には光、炎には冷気、土のように対属性がないものには同質の力を叩《たた》き込《こ》ませてもらった」

淡々と業務連絡のような口調で語る刀牙《とうが》に、炭黒《すみぐろ》は警戒心を強めた。

「なるほど、お前もウチや龍麻呂《たつまろ》と同じ、それともイレギュラーか？」

「いや、オレが使うのは近代魔術ではプラズマだ」

「んなわけないやろ！　適性のない属性を使うには長い訓練が必要で仮に使えたとしても効果は半減するはずやろ！　そんないくつもの属性を使いこなすなんてそれこそ何年かかるか！」

「千里の道も一歩で駆けてこその天才だ。適性のない属性程度、三日もあれば習得できる」

平坦《へいたん》な口調に、炭黒《すみぐろ》は余計に神経を逆なでされたのか、額に青筋を浮かべた。

「フザケんなや、お前、ホンマに殺すぞ！」

「殺す、か。弱い奴《やつ》が好んで使う台詞《せりふ》だな」

「黙れやダボが！」

炭黒《すみぐろ》は、昨日の大和《やまと》に放った山のように巨大な死神型のダークマターを生み出し、刀牙《とうが》を呑《の》み込《こ》もうとする。

けれど、刀牙《とうが》は何の気なしに指を鳴らして光弾を放った。

光弾は死神の胸板に抉《えぐ》り込《こ》み、内部で炸裂《さくれつ》。

数千リットルにも及ぶダークマターは雲散霧消した。

「そんな、そないなことが、今のは一〇〇万パワーを誇るウチの全力やぞ⁉」

必死になって現実を否定しようとする炭黒《すみぐろ》に、刀牙《とうが》は無関心に言った。

「オレの魔力値は二〇〇万だ。お前の魔力値は高い。だがオレはもっと高い。それだけだ。それともういいか？　嬉《うれ》しいことにオレ以上の天才があと二人、控えている」

唖然《あぜん》として聞いていた炭黒《すみぐろ》が、正気を取り戻したように肩を跳ねさせた。

刀牙《とうが》は警備員が交代するように粛々と振り返り、勇雄《いさお》と視線を交わして右手を上げた。

「交代だ」

「任された」

刀牙《とうが》が自分以上の天才と称したのは、魔力の無い勇雄《いさお》だった。

真白《ましろ》が声をかける。

「次は徒手戦です。魔術の使用は禁止。ただし、亜墨《あすみ》さんは武器を使ってもいいですよ」

「誰かと思えば昨日の無能やないか。当然のハンデやけど、スポーツ空手が忍びの殺人技術に勝てると思うたら間違いやで」

炭黒《すみぐろ》が余裕を取り戻す一方で、勇雄《いさお》はあくまで冷静だった。

「個人ではなく流派で語るのは虚勢の表れか？　この世に低俗な流派など一つとしてありはしない。万物全てを己が師とし、全てから学ぶ姿勢を持つことを覚えろ」

「説教臭いわ！」

炭黒《すみぐろ》は後ろ腰の小刀を抜いて切りかかるが、勇雄《いさお》は当然のようにドロリと避《よ》けた。

そのまま炭黒《すみぐろ》は凄《すさ》まじい斬撃の応酬を浴びせるも、勇雄《いさお》にはただの一撃も当たらなかった。

炭黒《すみぐろ》は強い。

その格闘術は達人の域に達している。

だが、その水準はあくまでも達人の超幕下。

達人の中の達人たる拳雄《けんゆう》、獅子王勇雄《ししおういさお》には遠く及ばない。

「勇雄《いさお》くん、ハンデとして目をつぶってその場から動かないでください」

「承った」

言われるがまま、勇雄《いさお》は目をつぶり、その場から動くのをやめた。

「お前、勝負を捨てて――」

炭黒《すみぐろ》は絶句した。

勇雄《いさお》は、本当に目をつぶったまま、その場から動かず、炭黒《すみぐろ》の斬撃と拳、蹴りを避《よ》けていた。

一歩も動かず上半身を逸《そ》らし、浮かせた足は一ミリとズレずに同じ場所に着地させる。

誰がどう見ても、何かの魔術的効果が働いているとしか思えない奇跡だった。

かんしゃくを起こした炭黒《すみぐろ》がタックルをかますと、勇雄《いさお》は高跳び選手のように宙返りをキメて炭黒《すみぐろ》の頭上を飛び越えた。

振り返れば、勇雄《いさお》が無防備な背中を晒《さら》していたが斬りかかれない。

何をしても、通じる気がしなかった。

「ツッ！」

炭黒《すみぐろ》は忍びだ。

幼い頃から、常人には耐えられない荒行に耐え、艱難辛苦《かんなんしんく》を乗り越えてきた。

魔術を抜きにしても、一流の戦士であるという自負があった。

だが、そのプライドが揺らぎ、崩れそうだった。

──こいつ……炭黒家《すみくろけ》の当主様より強ないか？

額から流れた冷や汗が、頬を伝った。

「心配するな。私には先程の死神に対抗する手段がない。アレを出せば貴君の勝ちだ」

敵にフォローされて傷つく炭黒《すみぐろ》をその場に残して、勇雄《いさお》は勝手にその場を離れた。

「LIA《リア》、交代だ」

「OK」

ハイタッチを交わして、今度はLIA《リア》が炭黒《すみぐろ》の前に対峙《たいじ》した。

またも昨日の試合には出場しなかった生徒に、炭黒《すみぐろ》と関西勢は眉根を寄せた。

記憶が正しければ、LIA《リア》はヒーラーだ。

蜜也《みつや》の例もあるが、どのみち一〇〇万パワーを誇る炭黒《すみぐろ》の敵になるとは思えない。

誰もがそう思った直後、LIA《リア》から魔力の波動が放たれた。

今日、何度目になるかもわからない驚愕《きょうがく》と絶句を、炭黒《すみぐろ》と関西勢は共有した。

重圧、などという生易しい言葉では片づけられない威圧感に、炭黒《すみぐろ》は足がすくんで動けなくなった。心臓すら止まっている錯覚を覚えた。

擬死反応。

いわゆる死んだフリだ。

戦っても勝てないと本能が悟った時、生物は反射的に逃げ出す。

だが、逃げることすら叶《かな》わない圧倒的過ぎる強者に出会った時、生物は一切動けなくなる。

闘争も逃走もまったくの無意味ならば、生き残る方法は相手を刺激せず、自身への興味を失ってもらうことだけだと、一縷《いちる》の望みを託して行う、完全敗者宣言である。

その反応を、炭黒亜墨《すみぐろあすみ》は生涯で初めて味わっていた。

「……飽きた」

無関心に視線を外して、LIA《リア》はさもつまらなさそうに踵《きびす》を返《かえ》した。

「弱い者イジメって想像以上につまんないね」

十組メンバーの元へと戻ると、LIA《リア》は蜜也《みつや》に抱きつきながら、隣の真白《ましろ》にぼやく。

LIA《リア》をまぁまぁとなだめてから、真白《ましろ》は炭黒《すみぐろ》に語り掛けてきた。

「これでわかりましたか？　上には上がいるという言葉の通り、君より強い人などいくらでもいるのです。ですが、刀牙《とうが》くんは九年間クラスのリーダーで、勇雄《いさお》くんは大和《やまと》くんたちの友達で、LIA《リア》さんは蜜也《みつや》くんの恋人です。孤高な人はいません。強者に仲間はいらないなんてのは嘘《うそ》です」

「〜〜ッツ」

反論の余地もなく、完膚なきまでに物理的に納得せざるを得ない状況に、大和《やまと》は安堵《あんど》した。

——さぁ、どうする炭黒《すみぐろ》。もう、言い訳はできねぇぞ。

よほど追い詰められているのだろう。

炭黒《すみぐろ》は歯を食いしばり拳と肩を震わせ、ゆっくりと視線を落としていく。

だが、それでもなお炭黒《すみぐろ》は反省の言葉を口にしなかった。

「くそ……」

振り返り、炭黒《すみぐろ》は背中を見せてその場から逃げ出した。

──今のは……。

大和《やまと》には、直前の表情が泣き顔に見えた。

それは、まるでよってたかっていじめられる中、味方のいない子供のようだった。

大和《やまと》の心に、今までとは違う感情が芽生えた。

あれだけ炭黒《すみぐろ》のことを憎んでいたのに、可哀《かわい》そうに見えてしまう。

「あの、先生……」

同情の念を察したのか、真白《ましろ》がこちらへ視線を送ってきた。

「あれでいいのです。天才は敗北を経験できない。だから歪《ゆが》んだ価値観が形成され、精神が未熟なまま大人になってしまう。そして自分以上の天才と対峙《たいじ》した時、つまずいて二度と立ち上がれなくなる。対処方法は単純、むふふ、早い段階で鼻っ柱をへし折ってあげるのです」

真白《ましろ》は楽しげだが、大和《やまと》は少しもそんな気持ちにはなれなかった。

炭黒《すみぐろ》の考えには、大和《やまと》も賛同できない。

だけど、信じていた人生観を強引に打ち砕かれて、クラスメイトの前で四度も負かされ、彼女はどんな気持ちなのだろう。

想像するだけで、胸の内に嫌な気持ちが渦巻いてしまう。

——いや、俺は何を考えているんだ……炭黒《すみぐろ》は、宇兎《うさぎ》を傷つけた悪党で、しかもそのことをまるで反省しない性根の曲がった奴《やつ》じゃないか。むしろ、これぐらいのお灸《きゆう》をすえるのがちょうどいい。

「大和《やまと》」

白ランの袖口を引かれて首を回すと、宇兎《うさぎ》が心配そうな顔でこちらを見上げていた。

「行ってあげて」

まさかの宇兎《うさぎ》からの言葉に、大和《やまと》は意表を突かれてしまった。

「でも、あいつはお前のことを」

「そんなの関係ないよ。助けたいと思ったら、助けていいんだよ」

大和《やまと》を急がせるような口調で、宇兎《うさぎ》は真摯に促してきた。

大和《やまと》の気持ちを察しながら、自分を傷つけた相手のことを心配する。

あまりにも清廉潔白過ぎる性根は、見ているこっちが不安になるほどだった。

けれど、今は彼女の気持ちを尊重したい。

「ありがとう宇兎《うさぎ》。俺、行ってくるよ」

宇兎《うさぎ》に断りを入れてから、大和《やまと》は炭黒《すみぐろ》の背中を追いかけた。

◆
「七式《ななしき》、屋上に着いたぞ」

追跡能力など望むべくもない大和《やまと》は、ロボットである七式《ななしき》のナビゲーションに従い、炭黒《すみぐろ》を追跡していた。

いま、大和《やまと》の目には三頭身にデフォルメされたミニ七式《ななしき》が妖精のように飛んでいるのが見えている。

耳の裏に装着したデバイス経由で送られてきた、特別なMR映像のＡＩコンだ。

『はい。炭黒《すみぐろ》さんは、あの貯水槽の裏に隠れているようです。では、後はお任せしました。大和《やまと》さん、グッドラックです』

「ああ、ありがとうな」

無感動な励まし言葉を置き土産に、七式《ななしき》はくるりと宙返りをしてから消えた。

大和《やまと》が貯水槽の裏へ回り込むと、亜墨《あすみ》は虐待された幼児のように膝を抱えてうずくまっていた。

そこに、宇兎《うさぎ》を傷つけた悪党の顔はない。

「炭黒《すみぐろ》」

「……何しに来たんや」

どう言えばいいのか、言葉がまとまらない。

とりあえず大和《やまと》は何も言わず、貯水槽に背中を預けて彼女の隣に座った。

「どっか行けやっ」

炭黒《すみぐろ》はちょっと声を荒らげた。

「どっか行けとか言われても、泣いてる女をほうっておけるかよ」

「………………」

返事がない。

無計画に追いかけてしまい、上手《うま》い慰めの言葉が思いつかず、大和《やまと》は困った。

——俺が落ち込んでいる時に来てくれた宇兎《うさぎ》もそうだったな。俺と宇兎《うさぎ》って似てるかも。

などと余計なことを考えたおかげで、大和《やまと》は自分が落ち込んでいる時の気持ちを思い出せた。

「信じていたものに裏切られるのって、辛《つら》いよな」

大和《やまと》もそうだった。

「俺さ、小学生の時にアポリアに襲われて、浮雲秋雨《うきぐもあきさめ》ってシーカーに助けられて、それで俺もシーカー目指して、そしたら秋雨《あきさめ》さんの息子の真白《ましろ》さんが俺をスカウトしてくれたんだ」

口を挟まず、炭黒《すみぐろ》は静かに話を聞いてくれた。

「俺は最初、真白《ましろ》さんが俺の力を認めてくれたとか、後継者に選んでくれたとか、思い込んで浮かれていた。でも違った。俺はアポリアたちが狙う星属性で、真白《ましろ》さんは俺を保護するためにスカウトしただけだった。あの時は本当に辛《つら》くて、独りで部屋にこもっちまったけど、宇兎《うさぎ》が慰めに来てくれて、大和《やまと》を励ましてくれた。

辛《つら》くて苦しい時の悲しみ。

誰かに救われる時の喜び。

それを、大和《やまと》は再認識させられた。

だから。

「なんやそれ。慰めのつもりか？　ウチは敵やぞ！」

「嫌いな奴《やつ》だから酷《ひど》い目に遭っていいわけじゃない。落ち込んでいる時は、誰だって誰かに側《そば》にいて欲しいもんだろ？」

アポリアに襲われた小学生時代。

信じていたものに裏切られたつい先々週。

大和《やまと》は嫌というほど味わい実感した。

「はんっ。親切の押し売りか。ウチは落ち込んどる時は独りにして欲しいタイプや。そもそも、敵に情けをかけられるほど落ちぶれてないわ……」

強がるような言葉には力がなく、心配な気持ちはいや増すばかりだった。

「けど……」

「ッ！　ウチに優しくするなや！　………弱くなってまう……」

突き放すような、強い拒絶の言葉。

でも、怒鳴るのはほんの一瞬。

最後の言葉は、あまりに弱々しくて、ほうっておけるものではなかった。

仲間を傷つけ否定した憎い敵なのに、彼女を救いたい気持ちがどんどん大きくなる。

「炭黒《すみぐろ》……」

彼女を救えない無力感に大和《やまと》が歯噛《はが》みすると、不意に炭黒《すみぐろ》が僅かに顔を上げた。

膝から目元だけを出して、ジロリと睨《にら》んでくる。

「それより、こんなところにいてええんか？　お前、あの白ウサギのこと好きなんやろ？」

「えっ⁉」

思春期の繊細な急所を不意に突かれて、大和《やまと》は返事に窮した。

途端に、炭黒《すみぐろ》の声に探るような響きが含まれる。

「ずいぶん仲ええみたいやな」

「そりゃ、まぁ」

「なら向こうも嫌いやないやろ。良かったな、脈はあるで」

こんな状況なのに、落ち込んでいる炭黒《すみぐろ》自身から言われたせいか、不覚にも浮かれかけた。

──え？　脈あるのか？

「けどな、女ほっといて他の女追いかけるとか、女子的にはマイナスやで。自分の目的はっきりさせぇや。お前はウチを慰めたいんか？　あの女を惚《ほ》れさせたいんか？」

──なんで俺、怒られているんだろ？

けれど、炭黒《すみぐろ》の言う通りだ。

親切の押し売り。行き過ぎた干渉かもしれない。

初対面の相手にいきなり仲間気取りで慰められて、恥ずかしいと言えば恥ずかしいだろう。

帰るべきという理性と、慰めたいという欲望のはざまで揺れ動き、大和《やまと》が苦悩していると、炭黒《すみぐろ》が叫んだ。

「いいからさっさと白ウサギのとこに行けや！　でないとウチとのエロコラ画像を白ウサギに送りつけるで！」

「報復が重すぎるぞ！」

仕方なくと言うか、半ば強引に大和《やまと》は屋上から追い出されてしまった。

屋上の出入口から階段を下りながら、大和《やまと》は炭黒《すみぐろ》に促されるがままに目的を整理した。

──えっと、俺の目的はまず【親善試合に勝つ事】【宇兎《うさぎ》にリボンを渡す事】【炭黒《すみぐろ》に勝つ事】【炭黒《すみぐろ》を宇兎《うさぎ》に謝らせる事】だ。親善試合には勝った。炭黒《すみぐろ》にも勝った。まだ謝らせていないけど、仇討《あだう》ちは済んだし宇兎《うさぎ》も気にしていないみたいだ。それに、あんな状態の炭黒《すみぐろ》に謝らせる気になんてなれない。

となると、残るは宇兎《うさぎ》にどうやってリボンをプレゼントするか、だ。

——最後の最後に一番キッツイのが残ったな……。

色恋に疎《うと》い自分が宇兎《うさぎ》にプレゼントを渡すなんて、一〇〇万パワーの炭黒《すみぐろ》に勝つよりも数段キツイ。

あまりの難題に、大和《やまと》は気が重くなった。

◆

大和《やまと》がいなくなると、屋上に独り残された炭黒《すみぐろ》は立ち上がり、白ランの袖で涙を拭った。

「ウチは阿呆《あほ》か……」

「痛い時は痛いと言いなさい。抱え込むことは強さではありませんよ」

突然の闖入者《ちんにゅうしゃ》に、炭黒《すみぐろ》は脊髄反射で戦闘態勢を取った。

——こいつ、草薙《くさなぎ》の担任の！　まるで気配を感じんかったぞ⁉

警戒し続ける炭黒《すみぐろ》に、真白《ましろ》は優しい顔で朗々と語り続ける。

「人は一人でも生きていけます。ですが一人では自分を守れません。見てきた私が言うのです、経験者の言葉は、聞いておくものですよ」

「ッ」

大和《やまと》が現れた時、泣いている自分を見られるのが恥ずかしかった。

反面、彼と話した今は、多少なりとも気持ちが楽になっていた。

そのことを認めたくなくて、炭黒《すみぐろ》は返事ができなかった。

警戒したまま炭黒《すみぐろ》が沈黙を守ると、真白《ましろ》は少し真面目な表情を作った。

「大和《やまと》くんよりも貴女《あなた》のほうが強いですよ」

「ッッ⁉」

突然の持ち上げに、無力を痛感している炭黒《すみぐろ》は戸惑った。

「貴方《あなた》が素手ではなく小刀や闇の刃《やいば》を使っていたら、最初から最大出力で短期決戦に持ち込んでいたら貴方《あなた》の勝利は確実でした。いいえ、昨日のように素手でペース配分を考えながら戦ったとしても、大和《やまと》くんに勝ち目はなかった」

だが自分は負けた。

負い目を感じるように炭黒《すみぐろ》が視線を落とすと、真白《ましろ》は優しい声で告げた。

「けれど大和《やまと》くんには背負うものがあった。かつて傷ついた自分を救ってくれた宇兎《うさぎ》さんのために勝つという揺るがぬ信念が、本来ならばあり得ない捨て身の選択肢を生み、勝利という結

果をもぎ取ったのです」

大和《やまと》の、自身の腕を犠牲にした特攻を思い出して、炭黒《すみぐろ》は納得してしまう。

「愛する人、愛してくれる人、すなわち、傷つき立ち上がれなくなった時、側《そば》にいてくれる人を作る。それが人生の命題です。では私はこれで。グラウンドで待っていますよ」

最後に微笑を残してから、真白《ましろ》は屋上から飛び降り消えた。

再び独りになった炭黒《すみぐろ》の脳裏に去来したのは、倍の魔力値を持つ高坂《こうさか》に勝利した関東校の蜜《みつ》也《や》であり、自分に勝利した大和《やまと》の姿だった。

弱者が仲間のために戦い強者に勝つ。

そんな、ご都合主義にまみれたフィクションみたいなことが、だが現実に存在している。

その事実に打ちのめされ、炭黒《すみぐろ》は否定するのに必死だった。

◆

大和《やまと》がみんなの待つグラウンドへ帰ると、なんだか賑《にぎ》やかなことになっていた。

「なんの騒ぎだ？」

大和《やまと》が声をかけると、七式《ななしき》が無表情で応えた。

「ご説明します。模擬捜索任務は午前中に終わるので、午後からの観光ポイントを教えて貰《もら》っているのです」

「へぇ」

「炭黒《すみぐろ》さんとは上手《うま》くいったようですね。大和《やまと》さんはいいこいいこです」

両手で大和《やまと》の頭を撫《な》で始める。

大和《やまと》は渋い顔をした。

「あー、ありがとう。でもあれは上手《うま》くいったのか？」

逆に、こちらが励まされたような気がして、釈然としなかった。

「あと、いつまで撫《な》でているんだ？」なでなで。

「何か問題でしょうか？」なでこなでこ。

「いや、あんま長くするものじゃねぇだろ？」なでりこなでりこ。

「…………なるほど」

なでなで。

「違うんだ。肩を撫《な》でて欲しいわけじゃないんだ。撫《な》でるっていう行為そのものをな」

「？」

――あ～駄目だわかっていない。そしてなんだろう。七式《ななしき》に撫《な》でられると背徳感がある。

「あ、大和《やまと》」

「宇兎《うさぎ》⁉」

七式《ななしき》に撫《な》でまわされているところを見られて、謎の罪悪感に駆られた。

「え、うん、宇兎《うさぎ》だよ。腕はもう大丈夫？」

わたしは治ったけど、と付け加えて、宇兎《うさぎ》は右手をグーパーと開閉させる。

「お、おう！ 俺の両手も痺《しび》れは残っていないぞ。LIA《リア》と真白《ましろ》さんの回復魔術すごいな！」

「うん。わたしもびっくりしちゃった。それで炭黒《すみぐろ》さんはどうだった？」

「あ、ああ、なんとか大丈夫っぽいぞ！」

「はい、炭黒《すみぐろ》さんは自分とのエロコラ画像を宇兎《うさぎ》さんに送りつけると大和《やまと》さんを脅すぐらい元気でした」

「七式《ななしき》ぃ！」

「えっ？ 大和《やまと》、どんなはげましかたをしたの？」

「頬を染めるな！ やましいことはしていないから！」

「そ、そーお？」

とは言いつつ、宇兎《うさぎ》はもじもじしながら気にしている様子だった。

「そそ、それよりも午後から観光するんだってな！」

大和《やまと》が強引に話題を逸《そ》らすと、宇兎《うさぎ》はパッと顔を明るくした。

「そうなの。それでね、春日大社《かすがたいしゃ》に夫婦大国社《めおとだいこくしゃ》っていう縁結びの神社があって、そこでハートの絵馬を売っているんだって。一緒に買お」

「え？　それってもしかして」

「うん、お互い独り身にならないよう願掛けしよ♪」

残酷な笑顔に、大和《やまと》は肩を落とした。

「そ、そうだな……」

――脈なしかなぁ……。

気分が落ち込む一方で、宇兎《うさぎ》と一緒に観光できるのは嬉《うれ》しかった。

「じゃあ、これも約束だよ」

そう言って、彼女は満面の笑みで右手の小指を差し出してくれた。

「……おう！」

好きな女の子と指をからめる指切りは、とても幸せな気持ちになれた。

天姫《あまめ》が緊迫した声を上げたのは、大和《やまと》と宇兎《うさぎ》の小指が離れた直後だった。

「みんな、状況が変わったわ」

「郊外の森にアポリアの反応ですね」

今までどこに行っていたのか、突然現れた真白《ましろ》が詳細を説明してくれた。

「アポリアの模擬捜索任務は、この場で実戦訓練となります。十人四班編成で、森の東西南北を捜索し、ネームレスと中級のネームドは駆逐。ただし、上級ネームドを見つけたら我々に連絡してください。決して戦ってはいけませんよ」

宇宙から飛来した星喰《ほしく》いの種族、アポリアは、大きく分けて二種類いる。

ひとつはネームレスと呼ばれる雑兵で、人間という存在を漠然とコピーしたマネキンのようなアポリアである。

一方で、ネームドというのは過去に存在した優秀な個体、つまりは英雄と呼ばれる存在をコピーした、極めて強力なアポリアだ。

このネームドの中でも、比較的弱いものを中級、とりわけ強力なものを上級と呼んでいる。

――ネームド、か。

どうしても、大和《やまと》は先日、関東校を襲撃してきた、秋雨《あきさめ》のコピーネームドを思い出してしまう。まさか、また奴《やつ》が自分を狙って出現したのか。

そう危惧すると、関西校の生徒たちがにわかにざわついた。

みんな、ついに来たかとどこか得意げで、ほくそ笑んでいる生徒すらいた。

――そうか、みんなアポリアと戦うのは初めてなんだよな。

前回、大和《やまと》たちはたまたま学園を襲撃してきたアポリアと戦闘をしているが、ここにいるのはまだ入学して一か月も経《た》っていない一年生だ。

アポリアとの戦闘を経験している生徒は少数だろう。

普通は緊張するところだが、彼ら一組は挫折知らずのスーパーエリートだ。

初陣《ういじん》への期待が先立つと見える。

——油断して、ネームドにつっかからないといいんだけど……。

大和《やまと》が不安視する間も、真白《ましろ》は説明を続けた。

「部隊は戦力を考えLIA《リア》班。鬼龍院刀牙《きりゅういんとうが》班。炭黒亜墨《すみぐろあすみ》班。アメリア・ハワード&草薙大和《くさなぎやまと》班に分けましょう。親善試合後の交流会を兼ねているので、東西の生徒がそれぞれ四人から六人になるようにして十人班を作ってください」

真白《ましろ》の指示で、生徒たちはそれぞれ連携の取りやすい者、仲の良《い》い者同士で集まった。

大和《やまと》の元には、自然と蕾愛《らいあ》、宇兎《うさぎ》、勇雄《いさお》が集まってきた。

「まっ、アタシらはこの五人でいいでしょ」

「大和《やまと》、がんばろうね」

「あと回復役に蜜也《みつや》が欲しいところだが」

魔力測定の日、一緒にチームを組もうと誓いあった友の姿を、勇雄《いさお》は横目で確認した。

大和《やまと》は、勇雄《いさお》の視線の先を追った。

「ハニーはボクのチームだよね♪」

「あっ、ちょっ、ヒーラー二人はかたよりが、ていうか当たっているから……」

「ん〜？　何が当たっているのかなぁ？」

——無理そうだな。

「七式《ななしき》、蜜也《みつや》を助けてあげて」

宇兎《うさぎ》のお願いに、七式《ななしき》は無表情のまま、ちょっと使命感を帯びた声で向かった。

「お任せください。蜜也《みつや》さんがＬＩＡ《リア》さんとの仲を深められるよう全力でサポート致します」

「待て七式《ななしき》、お前それ絶対に違うぞ！」

だが、七式《ななしき》は大和《やまと》の指摘を無視して走り去った。

――ごめん蜜也《みつや》。いまそっちにトンデモない刺客を送り込んじまった。

心の中で、大和《やまと》は深く土下座をするのだった。

そうやって十人班が四つできると、真白《ましろ》は皆のデバイスに地図データを送った。

「いいですか皆さん。奈良は古都であり日之和《ひのわ》国の国宝庫。大人のプロシーカーは市内に配置されていますし、いざという時は関西校の他の生徒たちも動員されます。ですが、極力アポリアは森の中で仕留めてください」

生徒たちが力強い返事をすると、天姫《あまめ》がみんなを誘導した。

大和《やまと》もその流れに乗ろうとしたのだが、不意に真白《ましろ》に呼び止められた。

「大和《やまと》くん」

「なんですか？」

大和《やまと》が振り返ると、真白《ましろ》はこちらに歩み寄る。

「もしも前回のあのアポリア、私の父である浮雲秋雨《うきぐもあきさめ》をコピーしたネームド、呼びにくいので呼び捨てでアキサメと呼びますが、奴《やつ》が出てきたら、必ず私を呼んでください」

表情はやわらかく、しかし声はちょっと真面目に言い含めてきた。

「アキサメを自分の手で討つという君の意思は尊重します。ですが、君の力はまだ未熟。無理をして取り返しのつかないことになってはいけません」

それはつまり、殺されたら、という話だろう。

真白《ましろ》の心配はもっともだが、大和《やまと》もあの最強のシーカーと謳《うた》われる浮雲秋雨《うきぐもあきさめ》のコピーに勝てるとは思っていない。

「そこまでうぬぼれていませんよ。それにこの後、宇兎《うさぎ》と春日大社《かすがたいしゃ》に行くって約束しましたし。死んでいる暇ないですよ」

「おや？　宇兎《うさぎ》さんに告白するんですか？　お土産屋さんで素敵なリボンを買っていたのを、先生は見逃していませんよ」

「うっ、その……不純ですか……こういうの。何も果たせていないのに、恋愛にうつつを抜かすなんて」

恥じる大和《やまと》に、真白《ましろ》は楽しげに首を横に振った。

「何を言いますか。好きな気持ちに不純なものなんてありません。強くなる一番の方法は、守りたい人を見つけることです。好きな人の為《ため》に生きて帰る。素晴らしいじゃないですか。私も学生時代、今の妻とはそういう関係でしたよ」

「………。はい！」

尊敬する先生に肯定されて、大和《やまと》は意気込んだ。

◆

「遅いですわよ大和《やまと》。貴方《あなた》、やる気はありますの？」

「悪い悪い」

真白《ましろ》との話が済んでから移動の流れに追いついた大和《やまと》に、アメリは苦言を呈した。

「実戦では一瞬の油断が命取りになります。親善試合に勝った程度で、油断してもらっては困りますわ」

「お、おう」

——なんか機嫌悪いな。それにしても、実戦か。

真白《ましろ》との会話もあり、大和《やまと》はアキサメのことを意識した。

そうそう何度も同じ個体に会うとは思えないが、もしも遭遇した時、自分はみんなを守れるのか、不安になった。

そうして大和《やまと》が眉間にシワを寄せていると、宇兎《うさぎ》が心配そうに顔を覗《のぞ》き込《こ》んできた。

「大和《やまと》だいじょうぶ？　難しい顔しているよ？」

宇兎《うさぎ》の指先が眉間に触れて、ぐりぐりともみほぐしてきた。

その感触と彼女の気遣いが嬉《うれ》しくて、不安が和んだ。

「いま、大丈夫になったよ」

「そう、よかった」

きっと、宇兎《うさぎ》は大和《やまと》がちょっとむせたとか、鼻が詰まったとか、何か一時的な体調不良にでもなったと思ったらしい。

深くはツッコまず、ほにゃっと笑い納得してくれた。

「ハニー、早く終わらせて観光デートしようね♪」

「う、うん……」

ＬＩＡ《リア》に腕を取られてはにかむ蜜也《みつや》に、宇兎《うさぎ》は熱い眼差しを送った。

「いいなぁ」

「え？」

「ふゃ！」

羨ましそうな顔をあわてて取り繕いながら赤面した。

「ごめん、そんなこと言っている場合じゃないよね。で、でもね、シーカーになって大勢の人を助けたい気持ちはほんとだけど、やっぱり素敵な恋愛もしたいよね……なんて不純かな？

シーカーは恋愛なんかにうつつを抜かしていないで、働けって話だよね？」

偶然にも、五分前に自分が真白《ましろ》に投げたのと同じ問いを好きな女の子に投げられて、大和《やまと》はちょっと笑った。

そして、真白《ましろ》の受け売りをそのまま口にした。

「いや、誰かを好きな気持ちに不純なんてないだろ。強くなる一番の方法は、守りたい人を見つけることだ。恋ほど人を強くするものはない。実際、蜜也《みつや》は強いしな」

「や、大和《やまと》って大人だね……」

宇兎《うさぎ》は赤い瞳をまんまるにして、ほえ～っと感心してくれた。

「ああ、何せさっき大人の真白《ましろ》さんに言われた言葉だからな」

可愛《かわい》い顔が目を細めて、咲《わら》ってくれた。

「なんだ、一瞬大和《やまと》の言葉かと思って驚いちゃったよ、もお」

小さな拳で、わき腹をぐりぐりしてくる。

その感触がくすぐったくて、ちょっと幸せになれる。

相変わらず、小さな幸せをぽんぽんくれる子だ。

一緒にいるだけでどんどん好きになっていくし、彼女が一緒に観光をしようと誘ってくれたのが嬉《うれ》しかった。

「大事な任務前に、何をふざけていますの？」

温かい気持ちに水を差すようにして、アメリアは不機嫌な横やりをいれてきた。

「言っておきますが、現地では命令厳守。勝手な行動は慎むように」

まるでリーダー気取りの態度に、大和《やまと》は気が重くなった。

――こいつの態度、なんとかなんねぇかな。

新たな目的、にするほどでもないが、チームが抱える問題だと思う大和《やまと》だった。

◆

アメリア・ハワードは焦《あせ》っていた。

奈良市郊外の森を目指す途中、アメリアが思い出すのは大和《やまと》と炭黒《すみぐろ》の試合だった。

最大魔力値一〇〇万にして超一流の魔術センスと格闘技術を持つ炭黒亜墨《すみぐろあすみ》は、まさに規格外の超人だ。

自分でさえ、彼女の圧倒的な力には手に汗を握り、身震いを押し殺すために歯を食いしばった。

その炭黒《すみぐろ》に、大和《やまと》は勝った。

――まさか、大和《やまと》の力はもうワタクシを超えている……いいえ、そんなはずがありません。

大和《やまと》は、蕾愛《らいあ》との二人がかりでようやく自分に土をつけた凡民。格上にはなり得ない。

ならば、自分はそれを証明しなくてはならない。

自然、奈良郊外に出現したアポリアを意識した。

――上級アポリアを見つけたら、戦わず先生に報告するように言っていましたが、上級と中級の明確な線引きはありません。

実戦で上級アポリアを討ち取るという武功なら、試合で優等生に勝ったという成果よりも価値があると、アメリアは良からぬ期待をした。

第四章

頼れる仲間がいるって事実が、わたしを強くしてくれるんだよ！

奈良市郊外の森は、鬱蒼《うっそう》とした木々が生い茂るも、空からの光量が十分な明るい森だった。暖かい土と緑の匂いに包まれながらも、ときおり心地よい風が吹き抜ける、気持ちの良《い》い場所だ。

見た目は森ガールと遭遇してもおかしくないような風情《ふぜい》だが、今、この森のどこかにアポリアが潜んでいるらしい。

そのせいか、森の息遣い、とも呼べる音が聞こえない。

まるで、鳥も動物もどこかへ消えてしまったかのように寂しかった。

「では皆さん、ワタクシについてきてください。警戒を怠らず、何か見つけたらすぐワタクシに報告するように」

アメリアは凛《りん》とした声音で素早く指示をだして、大和《やまと》、勇雄《いさお》、宇兎《うさぎ》、蕾愛《らいあ》も従った。

関西校の五人も、昨日の親善試合でアメリアの実力を知っているせいか、嫌とは言わなかった。

それどころか、同じエリート同士だからか、やや媚《こ》びるような気配さえあった。

「なぁ、ハワードさんてアメリオン合衆国の州チャンピオンてホンマ？」

「え、ウチは最強って聞いたで？」

「どちらも本当ですわ。十五歳以下のジュニアユース州チャンピオンで、魔力の最大値は十八歳以下の全米ユース記録保持者ですもの」

関西勢の口から、感嘆の声が漏れた。

だが、アメリアは興味がないらしい。

「ですが、今のワタクシは高校生。最強は過去の話ですわ」

声は為政者のように厳格に、足取りは騎士のように力強く、アメリアは自身に言い聞かせるように言った。

「だからこそ、ワタクシは再び証明するのです。頂点が誰なのかを！」

迷うことなく言い切ったアメリアに、関西生の五人は口々にご機嫌取りを始めた。

「で、ですよね、ハワードさんならすぐなれますわ」

「流石《さすが》の自信、ほれぼれするわぁ」

「せやせや、昨日の試合も見事やったしなぁ」

「亜墨《あすみ》の奴《やつ》も、アメリアはんならもっと簡単にいてまったんやないの？」

「そら決まってるやろ」

そうして皆が愛想《あいそ》よく振る舞う中、大和《やまと》は声をかけずにはいられなかった。

「なぁアメリア。そこまで一番にこだわらなくてもいいんじゃないか？　俺らシーカーの目的はアポリアからみんなを守ることだろ？　別にスポーツ選手じゃないんだからよ」

アメリアの焦《あせ》る気持ちはわかっているつもりだ。

関西に来る前、宇兎《うさぎ》たちにも言った。

常に一番であり続けたアメリアは日本に来てから自慢の最大魔力値でＬＩＡ《リア》と刀牙《とうが》に負け、大和《やまと》に並ばれ、そして試合では大和《やまと》と勇雄《いさお》、二人に負けた。

真白《ましろ》は、天狗《てんぐ》の鼻を折ることが精神的成長に繋《つな》がると言っていた。

いまのアメリアは、ちょうど成長の分岐点に立っているのだろう。

大和《やまと》としては、アメリアの成長を後押ししてやりたい。

だが……。

「やれやれ、ジブンわかってへんなぁ、これやから十組は」

「ええか、ウチらエリート組にはお前ら庶民とちごて品格っちゅうもんがあるんや」

「せやで。上に立つ者が弱かったら下のもんに示しがつかんやろ」

「志の低いおまんらにはわからんやろうけどな、ワイらには強者の矜持《きょうじ》がある」

「まっ、プライドの欠片《かけら》もないＢ級国民には縁のない話やで」

「凡民風情《ふぜい》が黙りなさい」

最後の言葉は、アメリアが、関西生に放った言葉だった。

彼らがぎょっとして押し黙ると、アメリアは足を止め、冷たい視線で振り返った。

「親善試合にも選ばれない無能の未経験者が、推薦枠の一組に編入しただけで十組の代表選手よりも格上気取りだなんて笑わせますわね」

語気を強めながら、まるで威嚇をするようにアメリアは言い放った。

「真のエリートたるはこのワタシ、アメリア・ハワードをおいて他にいません。貴方《あなた》たちのような下賤《げせん》なエリートモドキに、ワタクシを騙《かた》られたくはありませんわね！」

関西生は一様に押し黙るも、その顔には羞恥と苛立《いらだ》ちがないまぜになった、複雑な表情を浮かべていた。

彼らも、自分たちよりも大和《やまと》や勇雄《いさお》のほうが強いことはわかっている。

だが、エリート故のプライドが邪魔をして認めたくないし、せっかくゴマをすってやったアメリアに見下されたのも癪《しゃく》に障《さわ》るのだ。

こうして、またアメリアは敵を増やした。本来ならば仲良くなれるエリート組でさえも敵に回し、アメリアは孤高を貫く。

己以外の全てを凡民と断じるアメリア。

仲間などいらないと断じる炭黒《すみぐろ》とは、また別の独立独歩道である。

その在り方に、大和《やまと》は危ういものを感じた。

「おいアメリア、お前ちょっと態度悪いぞ」

「どこがですの？」

「お前こいつらとは初対面だろ？　なのにいきなり下賤《げせん》のエリートモドキは言い過ぎだろ。そりゃあ確かにいきなりゴマすりもみ手で腰ぎんちゃく根性丸出しだけどよ」

「凡民の分際で、ワタクシに意見しますの？」

「なんでお前はいちいち凡民とか下賤《げせん》とか他人を見下さないと喋《しゃべ》れないんだよ？」

「見下してなどいません、当然の評価ですわ」

　厳格な表情で、アメリアは威風堂々胸を張った。

「相手をするということは、時間を奪われるということ。賢者の意見ならば聞くに値しますが、愚者の妄言など聞くだけ無駄。一〇〇に一つは有益なものがあったとしても、一の利益のために九九の損失を出すことは非合理的であり、エリートのすることではありません」

「アメリア……」

「まさかとは思いますが大和《やまと》、貴方《あなた》、ワタクシと同格のおつもりですの？　亜墨《あすみ》を倒したからと随分増長していますのね。もうお忘れですの？　貴方《あなた》がワタクシに勝てたのは蕾愛《らいあ》と協力したから。貴方《あなた》一人ならワタクシの足元にも及びませんわ」

　得意げに髪をかきあげ、アメリアの語調はますます尊大になっていく。

「それは亜墨《あすみ》も同じ。魔力値はなかなかのものですが、ワタクシも水属性で雷、氷、爆裂、斬撃を操れますし、近接戦闘こそワタクシのパルチザンとアクアソーの領分ですわ。凡民の分際で、分《わきま》を弁えなさい！」

「…………」

——今は、何を言っても無駄だな。

大和《やまと》はアメリアの保護者ではない。

無理に彼女を変えようとするのは行き過ぎた干渉だ。

けれど、今後もクラスメイトとして過ごす以上、ある程度は態度をあらためて欲しいという想《おも》いは消せない。

でないと、教室の空気が悪くなってしまう。

視界に異常が起きたのは、大和《やまと》が将来への不安に視線を落とした時だった。

視界の左上に映る通信マークが、圏外マークに切り替わった。

異変は大和《やまと》一人のものではないらしく、アメリアたちも一様に顔色を変えた。

「おかしいな。いくら森の中だからって」

「大和《やまと》、これは電気系能力者の電波妨害よ。強力な電磁波で、ここら一帯に通信障害を起こしているみたいね」

電気使いである蕾愛《らいあ》の緊迫した声に、大和《やまと》たちは否応《いやおう》なく警戒した。

同じシーカーが、わざわざ妨害電波を出すわけがない。

つまり、アポリアの仕業だ。

「蕾愛《らいあ》、電磁波の発生源を追えるか？」

「誰にもの言ってんのよ」

楽勝とばかりに、蕾愛《らいあ》は快活な笑みを見せて大和《やまと》たちの先頭を走った。

さしものアメリアも今回ばかりは水を差すことなく、蕾愛《らいあ》の背中を追った。

魔力で強化したシーカーの足でしばらく走り続けると、森の奥にＬＩＡ《リア》の赤髪が見えた。

他にも、蜜也《みつや》、七式《ななしき》、土御門《つちみかど》、空上《そらうえ》、あまり接点はないが十組で一番小柄な赤毛の男子、鳴《なる》響奏手《きかなで》、そして龍麻呂《たつまろ》と高坂《こうさか》を含む関西生四人の姿が見える。

「蜜也《みつや》、お前たちもこっちに来ていたのか？」

「うん、ＬＩＡ《リア》が魔力の波動を感じたって言うから」

愛する蜜也《みつや》が視線を向けても、ＬＩＡ《リア》は微動だにしなかった。

普段のクールで無関心な顔でも、蜜也《みつや》に甘える時の無邪気な顔でもない。

ターゲットを狙う暗殺者のように危険な香りがする表情で、刺すような視線を森の一点に注いでいた。

大和《やまと》も彼女の視線を追うと、森のやや開けた空間に、二メートルを超える巨軀《きょく》が佇《たたず》んでいた。

頭には宝石をちりばめた王冠を、左手には黄金の杖《つえ》を、青いコートに包んだ背中には赤いマントを羽織り、漆黒の長髪と口ひげを蓄えた男の肌は灰色で、顔に青いラインが入っている。

アポリア。

それも、過去に存在した個人をコピーしたネームドだ。

LIA《リア》班の一員であり、オートマトンの七式《ななしき》が告げた。

「あれは識別コード・イヴァン雷帝。ネームドの中でも強力な上級アポリアです。過去、三六名ものプロシーカーを殺害した記録があります」

その識別コードに、大和《やまと》は戦慄した。

イヴァン雷帝。

帝政ロビエトの初代にして歴代最強の皇帝であり、雷と氷、ふたつの属性を持つ暴君の名だ。究極の恐怖政治で無実の市民数万人を虐殺し、多くの貴族たちを拷問にかけて殺したと言われている。

それだけの悪政でなおクーデターが起きなかった理由はただひとつ。

イヴァン雷帝が物理的に【最強】だったから。だから誰も逆らえなかった。

そのイヴァンをコピーしたアポリアは文句なしの上級。つまり、アキサメに比肩《ひけん》しうる存在である。

十六世紀のロビエト帝国最強を前に、さしものエリートぞろいの関西生たちも表情が強張っている。

大和《やまと》も、息を呑《の》んだ。

――同じネームドでも、俺が昨日市内で倒したのとはレベルが違う。これは、真白《ましろ》さんに報告だな。

そこで、大和《やまと》は気づいた。

「やべ、いま圏外だった」

大和《やまと》はちょっと期待して七式《ななしき》に水を向けるも、彼女は首を横に振った。

「申し訳ありません。どうやら私のシステムでも圏外です」

蕾愛《らいあ》は舌を鳴らした。

「ちっ、しょうがないわね。勇雄《いさお》、狼煙《のろし》をあげるのよ」

「どうやってだ？」

「はぁっ？　あんた魔力戦闘以外の全てを修めているんでしょ。なんのためのチョンマゲよ？」

「狼煙《のろし》は戦闘技術ではないしこれはチョンマゲではなく後頭部を守るために縛っているだけだ。そういう貴君は電気使いなら電波通信はできないのか？」

「んな器用なマネできるわけないでしょ！」

声をひそめながら声を荒らげる蕾愛《らいあ》。一応、イヴァンに気づかれないよう配慮しているようだ。

――俺が空に向けて爆炎を撃てば気づいてくれるだろうけど、それじゃイヴァンに見つかるよなぁ。

大和《やまと》が連絡手段に頭を悩ませていると、アメリアが口火を切った。

「しょうがありませんわね。LIA《リア》さん、直接、このことを伝えに行って頂けます？」

――なんか、声がはずんでいるような。気のせいか？

「……ボクがいないとアレはキツイと思うよ」

冷淡な態度で、LIA《リア》は釘《くぎ》を刺すように言った。

「ですが、この中で一番速いのは貴女《あなた》でしょう？　今はこのことを一刻も早く先生に伝えることが先決ですわ」

「ふーん……まぁ、上級は元からボクらの管轄じゃないし、いいよ。じゃあ、ボクが先生を呼んで来るまで見張りは頼んだよ」

「わかっていますわ。もしもイヴァンが市街に向けて移動を始めたら、足止め致します」

スラスラと舌を回すアメリアを訝《いぶか》しむように見据えてから、LIA《リア》は振り返り、長い赤毛をスカートのように浮かせた。

「……じゃあハニー、また後で」

他の生徒には一瞥《いちべつ》もくれず、蜜也《みつや》にだけは断りをいれてから、LIA《リア》は重力操作で宙に浮かぶと、真《ま》っ直《す》ぐ飛んで行った。

――アレなら、すぐ着くだろう。

大和《やまと》は一安心してから、イヴァンの監視をしようと視線を空から落とした。

そして、ストレージからパルチザンを取り出し構えるアメリアを目にした。

「いやお前何しているんだよ⁉」

思わず声をあげそうになってから、大和《やまと》は声をひそめた。

「見てわかりませんの？　これはイヴァンを討つ最大の好機ですのよ」

「は？」

わけがわからない、といった表情の大和《やまと》に、アメリアは頭の悪い部下にものを教える上司口調で応えた。

「アポリアの生態についてはまだ不明な部分が多いですが、見たところイヴァンは自ら積極的に人間を探す様子がありません。おそらく、休眠かそれに近い状態なのでしょう」

ない話ではない、と大和《やまと》は思った。

イヴァンは目視できる距離にいる。

いくら声をひそめたと言っても、あれほどの大物なら自分たちの気配に気づいてもよさそうなのに、イヴァンは微動だにしていない。

「今なら、無防備なイヴァンにワタクシの最大攻撃を叩《たた》き込《こ》み、有利な条件で戦闘を始められます」

「だったらなんで主力のＬＩＡ《リア》を行かせたんだよ？」

「まったく、頭が悪いですわね。最速のＬＩＡ《リア》さんだからこそ、奇襲戦後に真白《ましろ》先生が間に合いイヴァンを討てるのです。他の人では真白《ましろ》先生の到着が遅れてしまいます」

「なら最初から真白《ましろ》さんが到着してから真白《ましろ》さんの最大攻撃を当てたほうがいいだろ？」

「悠長ですわね。それまでイヴァンがおとなしくしている保証がありますの？　イヴァンは一秒後には動き出すかもしれませんのよ」

呆《あき》れ口調を苛立《いらだ》ちに変えて、アメリアは睨《にら》むように言い含めてきた。

「でもお前の攻撃が効かなかったりイヴァンが想像以上に強くて俺らが皆殺しにされたらどうするんだよ？」

「凡民は黙りなさい。貴方《あなた》とワタクシ、どちらの判断が上だと思っていますの？」

有無を言わせない語調に、大和《やまと》は何も言えなくなってしまった。

アメリアには、人の話を聞く気が無い。

最初から自分が正しいという結論ありきで喋《しゃべ》っている。

たとえ大和《やまと》がどんな正論を言っても、彼女は自身の望む答えになるような解釈をこじつけて話を誘導してしまうだろう。

止めるには実力行使しかないが、この場で戦えば流石《さすが》にイヴァンも気づくだろう。

──同じ気づかれるなら、アメリアの言う通り奇襲戦のほうがいいか。

大和《やまと》の沈黙を論破と受け取ったのか、アメリアは得意満面になる。

「心配はいりませんわ。幸い、水属性のワタクシはイヴァンの天敵。それは蕾愛《らいあ》さんとの試合で証明済みでしてよ」

負けん気の強い蕾愛《らいあ》はムッとしたが、反論できないのか口をつぐんだ。

「仮にイヴァンが我々を無視して市街へ向かうことがあっても、ワタクシの力なら楽に足止めができますわ。異論はありませんわね？」

自信たっぷりに余裕の表情で語り終えてから、アメリアはみんなの顔を見回した。

大和《やまと》は他の人が止めてくれることを期待するが、その場で発言する者はいなかった。

内気な宇兎《うさぎ》、蜜也《みつや》、土御門《つちみかど》はもとより、頭の切れる勇雄《いさお》も大和《やまと》と同じ結論に至ったのか、諦めたような表情だ。

好戦的な蕾愛《らいあ》と空上《そらうえ》に至っては、アメリアには不満そうだがむしろ乗り気にすら見える。

鳴響《なるき》と七式《ななしき》に至っては完全に指示待ち状態だった。

「あの……これって……奇襲戦をする流れ……なの？」

「そのようですね」

七式《ななしき》の即答に腰を引きながら、鳴響《なるき》は頬を引き攣《ひつ》らせる。

「あ、あー、うん、そうなんだ……」

——怖いなら反論してくれ。

蜜也《みつや》の十倍気弱そうな鳴響《なるき》に、大和《やまと》も諦めた。

——まぁ、LIA《リア》ならすぐに真白《ましろ》さんを連れて来るだろうし、俺とアメリアが防戦に徹すれば時間稼ぎぐらいはできるだろう。アポリアの優先捕食対象になっている星属性の俺がいれば、イヴァンも市街には向かわないだろうし。

それに、アメリアの理屈も間違っているわけではない。

休眠状態の今こそ、イヴァンを討つチャンスだ。

——慎重になるのは大事だけど、消極的過ぎても機会を失うか。

できるだけ奇襲戦のモチベーションを上げられるよう、大和《やまと》は自分で自分を納得させた。

「ではいきますわよ。ボイルド・ストリーム・フルバースト！」

一瞬でアメリアの魔力が限界まで高まると、彼女の周囲の地面から怒涛《どとう》の勢いで激流が噴き上がり、幾重もの流れに分かれて木々を避《よ》けながらイヴァンに殺到した。

——当たれ！

大和《やまと》の願い通り、イヴァンは身動きひとつせず、棒立ちのまま過熱水の濁流による絨毯《じゅうたん》爆撃が衝突した。

数千、数万リットルの水蒸気爆発は森の木々を片っ端から粉砕して、余波は流れと反対側に立っていた大和《やまと》たちまで吹き飛ばさんばかりの勢いだった。

けれど、駆け抜ける烈風で髪が背後に暴れた直後、風がやんだ。

目を開けると、土御門《つちみかど》が作り出した土壁が大和《やまと》たちを爆風から守ってくれていた。

「おう、ありがとうな」

「これが俺の仕事だ」

二メートル近い巨漢の土御門《つちみかど》は、体格同様、年齢に見合わない渋さで頷《うなず》いた。

しばらくして轟音《ごうおん》が引いていくと、土御門《つちみかど》は土壁を消した。

白い煙が徐々に晴れていくと、爆心地にいたイヴァンは膝をついていた。

——やった、のか？

慎重な大和《やまと》とは逆に、アメリアはガッツポーズを作った。

「奇襲成功ですわ！」

「ああ、じゃあ真白《ましろ》さんが来るまで、全力で足止めするぞ！」

大和《やまと》も確かな手ごたえに喜び意気込んだ。

しかし、アメリアの答えは大和《やまと》の予想をはるかに逸脱するものだった。

「ええ、ですが、足止めと言わず、倒してしまってもいいですわよね！」

歯が見えるほど口角を上げ、喜悦を含んだ言葉に、大和《やまと》の不安が蘇《よみがえ》る。

「アメリア、お前何を言っているんだ？」

「奇襲に成功。しかもワタクシの有利な属性。三六名のシーカーを討った上級アポリア、イヴァン雷帝をこの手で討つまたとないチャンスですわ！」

アメリアの態度は、武功を焦《あせ》る軍人そのものだった。

「待てアメリア！」

大和《やまと》の静止も聞かず、アメリアは背中と足の裏から水流のジェット噴射でイヴァン目掛けて高速移動をした。

低空飛行をしながら振り上げたパルチザンの刃《やいば》に水の大剣を構築すると、チェーンソーのように水を流動させてイヴァンの首を狙った。

「■■■■■■」

イヴァンの喉から、五十音では表現できない異音が漏れると、彼は構えた黄金の杖《つえ》から青白い雷光を放ってきた。

「雷撃如《ごと》き」

いつものように、アメリアは怖《お》じけることなく余裕を以《も》って水の壁を張り防御態勢に入った。

だが、雷光と水壁の激突に、大和《やまと》たちは目を見張った。

水の障壁が瞬時に炸裂《さくれつ》、あまつさえ貫通してきた雷光がアメリアを襲った。

絶叫に近い悲鳴を上げて、アメリアは吹っ飛ばされた。

「アメリア！」

彼女の背中を受け止める。

腕の中で、アメリアは苦悶《くもん》に顔を歪《ゆが》めた。

「大丈夫かアメリア⁉」

「う、ぐっ、えぇなんとか。とっさにアクアソーで防ぎましたわ。でも何が……」

「雷撃が強すぎるのよ……」

状況を理解できないアメリアに、蕾愛《らいあ》が緊迫した声で説明した。

「ですが、ワタクシは」

「馬鹿みたいな電気熱で水の障壁が水蒸気爆発を起こして、それでもありあまる電撃が物理的に水を貫通した……ハハ、笑うしかないわね……」

同じ雷属性だからこそイヴァンの強さがわかるのだろう。

蕾愛《らいあ》は頬《ひ》を引き攣《つ》らせながらも、目が据わっていた。

「ツッ、そんなはずがありませんわ！　イヴァン雷帝が十六世紀のロビエト帝国最強ならば、ワタクシは現代のアメリオン合衆国最強！　そして相性は最高！　ワタクシに負ける要素などありませんわ！」

「おいアメリア！」

大和《やまと》の腕を振りほどき、アメリアは再びイヴァンに突っ込んだ。

イヴァンの体が、青白くスパークして火花のような音を鳴らした。

「知っていますか？　一切の不純物を含まない純正水は」

イヴァンが杖《つえ》を振ると、特大の雷球が無数に放たれた。

「絶縁体ですのよ！」

必勝を確信したように、アメリアは水の障壁を撃ち出した。

雷球をかき消す障壁の後ろに隠れて距離を詰め、アクアソーでイヴァンの首を落とす気なのだろう。

だが、彼女の目論見《もくろみ》は脆《もろ》くも崩れ去る。

「なっ⁉」

水の障壁に風穴が空いて、雷球が次々貫通してくる。

ゴムなどの絶縁体は電気を無効にする、というのは間違いだ。

どれだけ通しにくい物質でも、それを上回る電圧をかけられれば、物理的に破壊される。

無論、そのためには規格外の電圧が必要だが、相手は時代を代表する【最強】だ。

咄嗟《とっさ》にアクアソーをさらに倍の大きさにサイズアップして振るうも、抗《あらが》えぬ抵抗力に、アメリアは顔を歪《ゆが》めた。

「この、圧力は⁉」

「アメリア！　パルチザンを地面に刺せ！」

大和《やまと》が声を張り上げると、彼女はパルチザンの尖《とが》った柄頭《つかがしら》を地面に突き刺した。

アメリアが手を離すと、避雷針の役割を果たしたパルチザンは雷球の電流をモロに受けて砕け散ったが、雷球はサイズダウンした。

「くっ、これでぇええぇ！」

アメリアが飛び出した時点で行動していた大和《やまと》と宇兎《うさぎ》の魔術が間に合った。

後ろに飛びのくアメリアと雷球の間の地面から、鉄製の壁が二枚生えてくる。

残りの雷球は二枚の鉄壁を一瞬で赤く溶かし、だがなんとかそのエネルギーを使い果たしてくれた。

「なんとか間に合ったね、大和《やまと》」

「ああ。合わせてくれて助かったぜ宇兎《うさぎ》。けど、とんでもねぇぞ、あいつ」

額を伝う汗を拭う余裕もなく、大和《やまと》は息を呑《の》んだ。

絶縁体を物理的に破壊するほどの超エネルギー量。

魔力値五三万のアメリア、大和《やまと》、二〇万の宇兎《うさぎ》というこの場のパワーキャラ三人がかりで雷の弱点属性の障壁を三枚重ねにして、ようやく防げる攻撃。

それですら、イヴァンの本気かどうかわからないのだ。

アキサメ以来の頬がヒリつく緊張感の中、大和《やまと》は声を張り上げた。

「みんな！　防御と足止めに専念するぞ！　先生たちが到着するまでの数分間に全力を尽く

せ！」

全員が声をそろえて承諾。

一人、アメリアだけは返答に窮している。

「いやとは言わせねぇぞ。あいつは確実に俺らの十倍強ぇ。俺らの力を一〇〇パーセント引き出してようやく殺されずに済むぐらいに考えてくれ」

大和《やまと》がまくしたてると、アメリアは取り繕うように声を絞り出した。

「ッ、最初からそのつもりですわ！　足を引っ張るんじゃありませんわよ！」

パルチザンを失ったアメリアが両手にアクアソーの剣を形成すると、イヴァンが駆けてきた。

巨軀《きょく》に見合わない俊敏さで迫る圧力に、高坂《こうさか》と龍麻呂《たつまろ》が立ち向かった。

「玄武《げんぶ》！」

イヴァンの進行を妨げるよう地面から無数の石柱が隆起するも、雷帝の行軍を止めるにはあまりに頼りなかった。

巌《いわお》の牢獄《ろうごく》を力任せに砕き払ったイヴァンに、ベヒーモスの体軀《たいく》をまとった高坂《こうさか》が正面から激突した。

「ガッ⁉」

杖《つえ》を握っていない右の拳が、ベヒーモスの堅牢《けんろう》な額を打ち抜いた。

ベヒーモスは首から上が消し飛び背後に回転しながら吹っ飛んだ。

「ぐはっ！　アカン……馬力に天地以上の差があるわ……」

「ウチの陰陽術《おんみようじゆつ》が効かへん……」

森の巨木に激突した高坂《こうさか》が血と一緒に弱音を吐き、そのすぐ隣で龍麻呂《たつまろ》が愕然《がくぜん》とした。

「もう一度、ボイルド・ストリーム・フルバースト！」

アメリアが数百度の過熱水の激流を放った。

これでも奇襲の時はイヴァンに膝をつかせたアメリアのとっておきだ。

「[redacted]」

だが、イヴァンが杖《つえ》の先端で地面を一度打つや否《いな》や、過熱水の激流は凍り付いて時間が止まったように動かなくなった。

「そんな⁉　あり得ませんわ！　ッッ⁉」

コンマ一秒遅れて、極寒の強風が吹き抜け地面は凍り付き、周囲の木々は霜に覆われていく。

真冬のような光景と肌を切るような冷気に、大和《やまと》は身震いをした。

まるで、ここら一帯の空気が北極と入れ替わったような印象すら受ける。

「こんなん勝てるわけないやろ！」

「ハワードの阿呆《あほ》が余計なことし腐りおって！」

高坂《こうさか》と龍麻呂《たつまろ》以外の関西生七名は捨《す》て台詞《ぜりふ》を吐くと、一目散に逃げ出した。

「待てや！　あんたはんらには関西校一組の矜持《きようじ》がないんか⁉」

「止めるな龍麻呂《たつまろ》！　これでいい！」

「は？」

仲間を叱責する龍麻呂《たつまろ》を、勇雄《いさお》は冷静に諭した。

「悪いが連中は戦力外だ。守り回復する手間が増えるだけの弱点になるならこの場にいないほうがよほど助かる」

「ッツ、れ、冷静やね……」

「冷静なものか。情けないが心臓がどうにかなりそうだ」

勇雄《いさお》が平坦《へいたん》な表情で自身の胸を手で押さえると、龍麻呂《たつまろ》は頬を引《ひ》き攣《つ》らせた。

「なら、逃げてええんやで、はは……」

「馬鹿を言うな。弱いからと勝負から逃げていては一生勝てない、一生変われない。大事なのは格上相手に如何《いか》に勝つか。それが闘うということだ」

「…………」

龍麻呂《たつまろ》が表情を硬くして息を呑《の》み、口を固く閉ざした。

彼が何を思っているかはわからないが、それを気にする余裕は大和《やまと》にも勇雄《いさお》にもない。

「■■■■■■■」

イヴァンの左右の空間が裂けて、漆黒の孔《あな》から黒装束の男たちが雪崩《なだ》れ込《こ》んできた。

「七式《ななしき》！　あれが何かわかるか⁉」

大和《やまと》の問いかけに、七式《ななしき》は即答した。

「イヴァン雷帝の親衛隊、オプリーチニキをコピーした中級のネームドアポリアです。イヴァン雷帝の命令で、数えきれない人々を殺し拷問にかけてきた虐殺実行部隊です」

「そういう能力なのか、アポリアにも指揮官役がいるのか……勇雄《いさお》、七式《ななしき》と鳴響《なるき》、それに空上《そらうえ》と一緒にオプリーチニキを任せていいか？」

「任せろ」

「承りました」

「う、うん」

「チッ、わぁーったよ！」

負けん気の強い空上《そらうえ》もイヴァンの危険性は理解したのか、不承不承といったていで納得しながら、二丁拳銃を構えた。

七式《ななしき》も、ストレージからバルディッシュを取り出して駆けだした。

——さて、こっちの戦力は俺、蜜也《みつや》、宇兎《うさぎ》、蕾愛《らいあ》、土御門《つちみかど》、それにアメリアか。

蜜也《みつや》はヒーラー。

宇兎《うさぎ》と土御門《つちみかど》はタンク。

実質、攻撃手は大和《やまと》、蕾愛《らいあ》、アメリアの三人だ。

「蕾愛《らいあ》。同じ電撃使いとして何か作戦はあるか？」

「悪いけどさっぱりよ。でも、先生が到着するまでは――」

そこで、蕾愛《らいあ》は言葉を切った。

イヴァンの様子がおかしい。

オプリーチニキを召喚してから棒立ちだったイヴァンは、遠く、奈良市街の空を見つめていた。

ゆっくりと、鷹揚《おうよう》に右手を空に伸ばすと、一気に空気を握り潰した。

空からの轟音《ごうおん》に大和《やまと》たちが視線を注ぐと、奈良市街の空に、巨大な亀裂が奔《はし》っていた。

亀裂がみるみる広がり、奈良市街全土を覆うような規模に成長しつつある。

七式《ななしき》が、人工の瞳を光らせた。

「あのサイズですと、召喚されるアポリアは推定十万体です」

十万、という数字に、大和《やまと》たちは絶句した。

「奈良市民三六万人の避難は間に合いません。プロシーカーと関西校の全生徒でも市民を守ることは困難でしょう」

あまりに絶望的な状況に、大和《やまと》は心臓が痛んだ。

――星属性の俺がいればイヴァンが市街に向かうことはないと思っていたけど、他のアポリアを向かわせるとか反則だろ！

関西人の龍麻呂《たつまろ》と高坂《こうさか》は青ざめ、頭を抱えている。

「奈良は終わりや、日本の古都が……」

「なんでこないなことに……」

だが、誰よりもこの状況に絶望しているのは、大和《やまと》でも龍麻呂《たつまろ》でも高坂《こうさか》でもなかった。

「ワタクシの、せい……？」

膝から地面に崩れ落ちて、アメリアは両手を土につけながら恐怖に震えていた。

「ワタクシが功を焦《あせ》ったから……？　先生の指示を無視したから……？　独断専行でイヴァンに手を出したから……？　ワタクシが……ワタクシが……」

怯《おび》え切《き》った表情で目に涙を溢《あふ》れさせ、うわ言のように自身の愚かしさを並べ立てるアメリアは捕食者に追い回され消耗しきった小動物のようで、そこにエリートたる品格や威厳は欠片《かけら》も無かった。

「おいアメリア、何やって――」

空が割れる轟音《ごうおん》に言葉を切られて、大和《やまと》はあらためて空を見上げた。

上空の亀裂は、刻一刻と広がり続けていた。

まるで、次の瞬間にも完全に孔《あな》が開いてしまいそうな、鬼気迫る圧力を感じる。

「[redacted]」

イヴァンが金色の杖《つえ》を掲げると、一瞬で見上げるような特大の雷球が生じた。

「!?　……い、いや」

次に起こるであろう凄惨な未来を察して、アメリアは赤子がグズるような声を漏らして恐れおののいた。

雷球が、無慈悲に放たれた。

「ここはわたしたちタンクの出番だよね！」

「雷なら、地面に逃がせるはずだ」

土御門《つちみかど》が両手で握ったタワーシールドを地面につきたてると、大地が畳み返しのようにめくれあがって、まるごと雷球を呑《の》み込《こ》んだ。

直後、土砂が赤く焼けて変色してから爆散して、サイズダウンした雷球が貫通してきた。

続けて、宇兎《うさぎ》が頭上に白銀の柱を構築して、雷球を串刺しにした。

「絶対零度の純銀柱！　電気抵抗はほぼゼロだよ！」

電気は抵抗に比例して熱に変換される。

絶縁体とは真逆の発想。

むしろ、無尽蔵の伝導性を持つ物質で、雷球を地中に誘導しようというわけだ。

まさに、金属のスペシャリストである望月宇兎《もちづきうさぎ》ならではの機転だ。

しかし、雷球を受けた銀柱はみるみる熔《と》けて、サイズダウンした雷球は一顧だにせず直進してきた。

その雷鳴に、稲光に、アメリアはあらん限りの悲鳴を上げた。

「ッ、間に合え！」

大和《やまと》は両手を地面に叩《たた》きつけると、目の前の大地を真上に噴火させた。

雷の天敵である土砂と、金属の濁流を浴びせながら爆炎で上空に逸《そ》らす狙いだ。

だが、雷帝の蹂躙《じゅうりん》を止めるにはそれでも足りなかった。

青い雷球は土砂と金属の大噴火をかきわけてきた。

「だったらこれでぇ！」

至近距離まで迫る雷球に、大和《やまと》はあらん限り力を込めて左右の拳を叩《たた》きつけた。

ヴォルカンフィストを直接叩《たた》き込《こ》み雷を散らせようとする。

けたたましい轟音《ごうおん》が周囲の木々を揺らす中、どうにか雷球は空に軌道を修正した。

「はぁ、はぁ、はぁ、助かったぜ蕾愛《らいあ》」

大和《やまと》が振り返ると、蕾愛《らいあ》が両手を上に突き上げたまま肩で息をしていた。

「アタシの力で空に向かって電気の通り道作りながら磁力で引っ張ったけど、重すぎ……流石《さすが》は初代雷帝ね」

まるで自分が二代目とでも言いたそうな軽口だが、すでに疲労困憊《ひろうこんぱい》のていだった。

まさに、満身の力を込めたらしい。

一方で、アメリアは茫然自《ぼうぜんじ》失《しつ》の様子で呆《ほう》けていた。

「え……あ……あ……」

「アメリア！」

彼女はわずかに反応して、こちらに視線を合わせてくれた。

「負傷者は蜜也《みつや》が治す！　空の亀裂がイヴァンのせいならイヴァンを倒せば止まる！　みんな助かる！　誰も犠牲にならない！　アメリアも協力してくれ！」

アメリアは不安げに視線を逸《そ》らしてからうつむいた。

「で、でも……ワタクシは……」

自分に負けた時の蕾愛《らいあ》と同じだ。

常勝無敗のエリートは挫折に弱い。

人生観がひっくり返るほどの挫折と絶望に、アメリアはかつてないほど打ちのめされているのだろう。

そのていたらくに、大和《やまと》の中である衝動が湧いて出た。

「初めてお前に会った時！　俺はお前の強さに勝てる気がしなくて絶望した！」

「え？」

怯《おび》えの表情が疑問に変わり、アメリアは視線を上げた。

大和《やまと》はかつて彼女に味わわされた挫折と失望のトラウマをぶちまけた。

「お前は勇雄《いさお》を一撃で倒して、俺がずっと勝てないと思っていた蕾愛《らいあ》も一蹴した！　俺より強い奴《やつ》を瞬殺するならこいつと俺はどれだけ差があるのか、怖くて部屋にひきこもった！　でも次の日にはお前を超えたいって目標にした。だから顔を上げろ！　俺を絶望させて俺が目標にした。それが、アメリア・ハワードっていうシーカーだ！」

アメリアのまぶたが、僅かに持ち上がってまた伏せた。

「……わた、くし、は………」

そこへ飛び込んできたのは、勇雄《いさお》の檄《げき》だった。

「急げ大和《やまと》！　もはや先生が来るまでの足止めなどと言ってはいれらないぞ！　蜜也《みつや》、ビーハイブに預けていた私の武装を頼む！」

「わかった！」

蜜也《みつや》が返事をすると、覆いを剝がすようにして空間から突然、二丁の対戦車ライフルの後ろ半分が生えてきた。

あまりの重量と反動に、本来ならば地面に設置して支持装置である二脚銃架の支えと両手を使いようやく扱えるモンスターライフルをつかんで引きずり出すと、勇雄《いさお》は苦も無く構えた。

「雑魚《ざこ》は任せろ！」

鋼の咆哮《ほうこう》が吐き出した二発の二〇ミリ弾は狙い過《あやま》たず、オプリーチニキ二人の脳天を撃ち抜いた。

――頼りになる。

見るほど簡単ではない。

対戦車ライフルならアポリアを倒せる、という単純なものであれば、シーカーは全員装備している。

取り回し性など皆無に等しい長大な対戦車ライフルを拳銃のように扱う技術は、魔術の使えるシーカーからすれば、非効率でしかない。

だが勇雄《いさお》は、左右のライフルを交互に、毎秒一発ずつの処理速度で、オプリーチニキを駆逐していった。

二丁拳銃に攻撃魔術を込めて連射している空上《そらうえ》と、バルディッシュでオプリーチニキを薙《な》ぎ払《はら》う七式《ななしき》のほうが、キル数は劣るかもしれない。

少なくとも、ダガーで牽制《けんせい》しながら音の衝撃波で足止めするだけの鳴響《なるき》よりも、遥《はる》かに活躍している。

「大和《やまと》、高坂《こうさか》さんは治るから気にせず戦って！　死んでさえいなければ、僕が全部治す！」

イヴァンの拳で血を噴いた高坂《こうさか》の背中に手を当てながら、蜜也《みつや》は懸命に回復させていた。

「ああ！　お前がいてくれると安心感が違うぜ！」

「大和《やまと》！　アタシと荷電粒子砲やるわよ！」

「おう！　宇兎《うさぎ》は土御門《つちみかど》と一緒に時間を稼いでくれ！」

「任せて！」

荷電粒子砲は、蕾愛《らいあ》と二人で協力してアメリアに勝った合体技だ。

大和《やまと》が火山雷を生み出し、そこに蕾愛《らいあ》が自身の電気を加えながら粒子加速操作を行う。

そこへ、大和《やまと》が次々金属粒子を生成して注《つ》ぎ込《こ》むと、荷電された金属粒子がみるみる加速していった。

イヴァンはさっきに比べて威力の劣る小技を乱発し、宇兎《うさぎ》と土御門《つちみかど》が全力で防いだ。

軽い牽制《けんせい》のジャブ相手に体当たりで立ち向かうような力関係は、いつ崩れるかわからない。

「大和《やまと》！　あと何秒⁉」

「あと五秒だ！」

大和《やまと》が宇兎《うさぎ》へ振り返ると、イヴァンは大技の発射体勢に入っていた。

あれは、宇兎《うさぎ》と土御門《つちみかど》でも防げない。

さっきも、四人がかりでやっとだったのだから。

「[redacted]」

「まずい！」

一発の弾丸がイヴァンのこめかみに直撃した。

イヴァンにダメージはないが、彼の意識が右側、対戦車ライフルに移った。

「防げないならば、発射を遅らせればいい」

「やっぱお前、最高だぜ勇雄《いさお》！」

「発射！」

蕾愛《らいあ》の掛け声と同時に荷電粒子砲が解放された。

灼熱《しゃくねつ》の激流はイヴァンの胸板を直撃して、彼の体を深く押し込んでいく。

「[redacted]ッ！　[redacted]ッ！　[redacted]ッ！　[redacted]！」

イヴァンを爆心地に巨大な爆発が起こり、蕾愛《らいあ》は顔を伏せた。

だが、渾身《こんしん》の合体技が直撃しても大和《やまと》は油断なく、次の手を打っていた。

右手にマチェットソードを構築すると、爆風の中をヴォルスターのジェット噴射で駆け抜けた。

──イヴァンがこの程度で終わるわけがない！　でも、隙を作ることはできたはずだ！

爆煙が晴れると、予想通り健在のイヴァンの首目掛けて、マチェットを薙《な》いだ。

同時に、何の打ち合わせもしていないのに、イヴァンの背後から勇雄《いさお》が刀でイヴァンの首を狙っていた。

これで自分がイヴァンに潰されても、勇雄《いさお》の刀が首を刎《は》ねてくれる。

──獲《と》った！

しかし、大和《やまと》が必勝を確信した瞬間、イヴァンは後ろを振り返ることなく、左手で勇雄《いさお》の、右手で大和《やまと》の刀身を受け止めた。

「「何!?」」

「[redacted]」

イヴァンの全身がスパークして放電。大和《やまと》と勇雄《いさお》は同時に弾《はじ》き飛《と》ばされた。

「ぐ、がぁ！」

全身を貫く衝撃で視界が暗転するなか、大和《やまと》は意識だけは手放すまいと努めた。

地面を転がりながら大和《やまと》がすぐに体勢を立て直すと、イヴァンは訝《いぶか》しむように佇《たたず》んだ。

「ッツ、悪いな雷帝、生憎《あいにく》と電撃ならガキの頃から嫌というほど喰《く》らい慣れているんだよ！」

イヴァンは強い。

自分よりも遥《はる》かに格上だ。

しかし、大和《やまと》には背負うもの、守るもの、果たしたい想《おも》いがいくつもある。

——そうだ。心を燃やせ、精神を昂《たかぶ》らせろ、魂を滾《たぎ》らせろ！　気持ちで負けるな！　入学試験大会の時と同じだ。緊張は人の実力を半分以下にする。だから絶望するな！　あの時だって、秋雨《あきさめ》さんは諦めなかった！

自分に言い聞かせながら、大和《やまと》はもうずっと最大出力を維持している灼熱《しゃくねつ》の魔力を、さらに滾《たぎ》らせていく。

「龍麻呂《たつまろ》！　高坂《こうさか》！　アメリアを連れて逃げてくれ！　頼んだ！」

龍麻呂《たつまろ》は魔力が続く限り不死身だが、イヴァンが相手ではすぐに枯渇《こかつ》するだろう。

一瞬、二人は迷うも、自分たちの力では役に立たないと悟ったのだろう。歯を食いしばって頷《うなず》いてくれた。

「宇兎《うさぎ》！　土御門《つちみかど》！　防御は任せたぞ！」

渾身《こんしん》の絶叫と共に、大和《やまと》はイヴァン目掛けて特攻した。

◆

アメリア・ハワードは、龍麻呂《たつまろ》と高坂《こうさか》に肩を貸される形で戦場から離れていた。

徐々に遠ざかる爆音に、アメリアの思考は動き始めた。

——……逃げる。

名家の生まれたるアメリアは、幼い頃よりあらゆる面で優遇されてきた。

アポリアを含め、災害時は庶民よりも優先的に避難させてもらった。何度もだ。

高級国民たる自分の安全が優先されるのは当たり前。

そこには何の疑問もない。

なのに今、後方でイヴァン相手に骨身を削りながら命がけで戦う大和《やまと》の姿が頭から離れない。

戦う庶民の大和《やまと》。

逃げる高級国民の自分。

——エリートのワタクシと凡民では命の重さが違いますわ。これは当然の処置ですわ。エリートを守るために凡民が囮《おとり》になるなんて、当然の！　当然の……。

「初めてお前に会った時！　俺はお前の強さに勝てる気がしなくて絶望した！」

「お前は勇雄《いさお》を一撃で倒して、俺がずっと勝てないと思っていた蕾愛《らいあ》も一蹴した！　俺より強い奴《やつ》を瞬殺するならこいつと俺はどれだけ差があるのか、怖くて部屋にひきこもった！　でも次の日にはお前を超えたいって目標にした。だから顔を上げろ！　俺を絶望させて俺が目標にした。それが、アメリア・ハワードっていうシーカーだ！」


――違う。違う違う違う違う！　そんなものは、エリートでも高級国民でもありませんわ！

身分社会における封建制度。

支配層の歴史を辿《たど》れば、その起源は守護者に行きつく。

未開の太古、文字も知らぬ人類の中から、力あるものが弱者を守る騎士となった。

その騎士の中から、力に優れる者が統率者、指導者となり貴族や王族となった。

支配層はその知恵と力で民を守り、見返りに民は労働力を捧《ささ》げる。

本来は、支配層こそが最前線に立ち危険に立ち向かわなくてはいけない。

神話を彩《いろど》る英雄の多くが王族の生まれであることが、いい例だ。

――そう。エリートとは民よりも優れる者。民を守り導き救い、誰からも尊敬されるヒーロー。それこそ、草薙大和《くさなぎやまと》のような。

「……ッ！」

庶民ですら勇敢に戦う中で、高貴なる自分が臆病風に吹かれて逃げるのか？　それは、選ばれし貴族の品格に相応《ふさわ》しいのか？

「ッッッ～～～～～～～～～!!!!」

アメリアは歯を食いしばり、足を止めた。

◆

「[redacted]！」

イヴァンの放った雷球が、噴火の土砂と爆炎をかきわけて大和《やまと》に襲い掛かってきた。

宇兎《うさぎ》たちの盾も熔《と》かされ、大和《やまと》はいちかばちかのヴォルカンフィストで相殺《そうさい》を試みた。

その直前、目の前を巨大な津波が駆け抜けた。

雷球は圧倒的な津波の激流にその身を分解させて、消滅した。

誰が？　決まっている。

これほどの津波を放てる人物は限られている。

——まさか⁉

「アメリア⁉」

大和《やまと》たちが首を回すと、逃げたはずのアメリアが両手を前に突き出したまま肩で大きく息をして立っていた。

「どうして……お前、逃げたはずじゃ……」

とてもではないが、戦える状態ではないはずだ。

けれど、アメリアは息を呑《の》み、一度歯を食いしばってから品性をかなぐり捨てるように怒鳴った。

「凡民ですら戦っているのに！　エリートたるワタクシが逃げるわけがないでしょう！　貴方《あなた》こそ、ここは凡民の出る幕ではありませんわ！　ここはエリートであるワタクシに任せ、逃げてもかまわなくってよ？」

その強がりが嬉《うれ》しくて、大和《やまと》は自然と彼女の尻馬に乗らせてもらった。

「冗談言うなよ。それより、龍麻呂《たつまろ》と高坂《こうさか》を逃がしてくれてありがとうな。じゃあ、ここからが本番だ！」

まるで、最初から仲間を逃がすのがアメリアの任務であったかのように振る舞い、大和《やまと》はイヴァンと向き直った。

「でもどうすんのよ⁉　アメリアが入ってくれてもキツイわよ！」

「大丈夫だ蕾愛《らいあ》！　アメリアが協力してくれるなら勝てる！　一分時間をくれ！」

「できるわけないでしょ⁉」

「諦めるな！」

銃声と共に、勇雄《いさお》が叫んだ。

両手に握る対戦車ライフルでオプリーチニキたちを銃殺しながら、彼は声を張り上げた。

「最大魔力値は格闘技の筋力！　戦闘要素の一つでしかないし出力は一定ではない！　イヴァンも消耗している！　最大攻撃以外の小技ならば貴君らでも防げる！」

イヴァンの黄金の杖《つえ》の先で、雷球が育っていく。

「そしてイヴァンは最大攻撃をするのにタメがいる。そこを狙えば小技に落とせる！」

勇雄《いさお》が引き金を引いた。

弾丸は狙い過《あやま》たずイヴァンの眼球に吸い込まれて、直前で顔を逸《そ》らされこめかみに当たった。

「■■■■■■！」

イヴァンはわずらわしそうな表情で、膨張している途中の雷球を放った。

勇雄《いさお》がしなやかなサイドステップで避《よ》けると、大和《やまと》は意を決した。

「宇兎《うさぎ》、土御門《つちみかど》！　一分稼げるか⁉」

「「わかった！」」

頼もしい声を合図に、タンクコンビはイヴァンの前に立ちはだかった。

「■■■■■■■■！」

「させないよ！」

イヴァンが雷を育てようとすると、宇兎《うさぎ》は空中に鋼の刃《やいば》を構築して射出した。合わせて、土御門《つちみかど》は地面から石柱を高速で伸ばして、イヴァンを狙った。

どちらも、イヴァンにダメージを与えられるようなものではない。

が、イヴァンはわずらわしそうに苛立《いらだ》ち、小技の電撃や雷球を次々放ってくる。

宇兎《うさぎ》と土御門《つちみかど》の鉄壁と土壁が、大和《やまと》たちを守った。

宇兎《うさぎ》がハッとする。

「そっか。雷帝イヴァンは自分を支持しない人を片っ端から極刑にする暴君。あのアポリアはその沸点の低さもコピーしちゃっているんだ」

「なるほど。勇雄《いさお》の奴《やつ》、そこまで判《わか》っていたのか」

隣で、土御門《つちみかど》も喉を唸《うな》らせた。


二人の背後で、大和《やまと》たちは秘奥義《ひおうぎ》の準備に取り掛かっていた。

アメリアの水球に、大和《やまと》と蕾愛《らいあ》が電撃を流し続けている。

「アメリアの水をアタシと大和《やまと》が電気分解して酸素と水素を生成。それをアメリアが一対二の割合で混合して酸水素ガスにする、でいいのよね？」

「ああ。酸水素ガスを燃やすと五八〇〇度以上の白い炎になる。これは太陽の表面温度並みだ。

俺らの最大魔力じゃイヴァンを殺せるだけの火力を出せない。だから、科学的に作るんだ」

「こんなこと、授業でもやりませんわよ……凡民のくせに、どうしてこんなことを知っていますの？」

大和《やまと》の知識に、アメリアは舌を巻いた。

「……蕾愛《らいあ》との合体技でお前に勝った時からな、みんなとの合体技を考えていたんだ。これはアメリア、お前が協力してくれた時の為《ため》にって、お前が移籍してくれた日の夜に調べたんだ」

「……ッッ」

アメリアは頬を赤くして言葉に詰まりながら、照れ隠しのように水球に視線を落とした。

「よし！　準備はできた！　宇兎《うさぎ》！　土御門《つちみかど》！」

イヴァンの攻撃を相殺《そうさい》すると同時に、二人は左右に分かれた。

アメリアは、分解された水を前方に放出し、大和《やまと》が酸水素ガスに火をつけた。

まばゆいばかりの白い業火《ごうか》がイヴァンに殺到し、呑《の》み込《こ》んだ。

太陽に落ちたも同然の超高温。

さしものイヴァンも、一瞬で全身を焼き尽くされていくのがわかる。

「行け！　そのまま燃えちまってくれ！」

が、大和《やまと》の期待を裏切るように、白い業火《ごうか》は吹き飛ばされた。

イヴァンは全身の皮膚が黒く炭化しているものの再生が始まり、健在を誇示する。

「嘘《うそ》だろ⁉　⁉」

イヴァンの足元が氷結している。

「まさか、氷結魔術のバリアでダメージを最小限に抑えたのか⁉」

「だからって太陽並みの炎で死なないなんてどんなバケモンよ⁉　アキサメ級じゃない！」

「まったくだな……しかもアキサメと違って弱点が……⁉」

そこで、大和《やまと》は思った。

——待てよ？　アポリアは対象を弱点ごとコピーする。そういえば、蜜也《みつや》の蜂毒も効くんだよな？

宇兎《うさぎ》と土御門《つちみかど》の治療をする蜜也《みつや》を一瞥《いちべつ》してから、大和《やまと》は気が付いた。

——イヴァン以前に、あいつは人間をコピーしたアポリアだ。つまり、人間に効くものは、イヴァンにも効く⁉

その閃《ひらめ》きに、大和《やまと》は全身の毛が逆立つようだった。

アメリアと蕾愛《らいあ》が歯を食いしばる中、大和《やまと》は叫んだ。

「勇雄《いさお》！　イヴァンを転ばせてくれ！」

「心得た！」

対戦車ライフルを投げ捨てると、勇雄《いさお》は素手でイヴァンに突っ込んだ。

あり得ない指示と暴挙に、誰もが驚愕《きょうがく》した。

イヴァン雷帝相手に、魔力ゼロ、肉体的には一般人と変わらない、家庭用電圧でも感電死する勇雄《いさお》をぶつけるなど、死刑宣告と変わらない。

だが次の瞬間、勇雄《いさお》はイヴァンの放った無数の雷球をすべて避《よ》けながら前進。

距離を詰めると、イヴァンは杖《つえ》を勇雄《いさお》に振り下ろしてきた。

「温《ぬる》い」

勇雄《いさお》は杖《つえ》の軌道を見ず、イヴァンと視線を交えながらわずかに上半身をひねることでさばいた。

推定数百万の魔力で強化された音速の打撃が連射された。

拳が、杖《つえ》が、一撃でトラックを廃車に変えられる死の連打の中、勇雄《いさお》は顔色一つ変えずに避《よ》け続けていた。

その動きは猛牛を翻弄するマタドールを超え、液体どころか煙の領域だった。

「[redacted]！」

相変わらず人語を解さないイヴァンだが、彼の苛立《いらだ》ちを表すように荒々しさを増しながらも攻撃が単調になっていく。

一方で、勇雄《いさお》は明鏡止水の落ち着きぶりだった。

「人は自身と調和することでミリ単位の精度で動ける。そして相手と調和することで、相手の次の動きを完全に把握できる。いくら速かろうと軌道とタイミングが分かっていれば避《よ》けるのは容易《たやす》い」

「■■■■！」

焦《じ》れた声を上げて、イヴァンは全方位に向かって放電した。

しかし、放電よりも前に、勇雄《いさお》は地面に対してコサックダンスでも踊るように右足を伸ばして左足を折りたたみ、姿勢を低くしていた。

「これが先《せん》の先《せん》だ」

全方位に伸びる雷撃は、勇雄《いさお》を避《よ》けて駆け抜けた。

「■■■⁉」

「貴君のソレは面制圧ではない。無数に枝分かれした雷撃の隙間を縫えば良い。そして！」

殴り掛かるイヴァンの拳を立ち上がりながら避《よ》け、伸び切った右腕をつかみ、一本背負いをしかけた。

——今だ！

「肉体を強化しても体重は変わらない！　吊《つ》り上《あ》げ引っ張り担《かつ》ぐ投げ技への耐性は強化されない！」

二メートルを超える巨漢が鋭く回転して宙に弧を描きながら、背中が地面に叩《たた》きつけられた。

地面にめり込むほどに強く叩《たた》きつけられたイヴァンだが、それだけでダメージを受けるほどヤワな体ではない。

なのに、イヴァンは動けなかった。

「硫化水素。火山性の超有毒ガスだ！　重くて下にたまるのが難点だけどな！」

勇雄《いさお》が投げ技の態勢に入ると同時に、大和《やまと》はかつて、アキサメが勇雄《いさお》を倒すのに使った魔術を使っていた。

「そして、これがもうひとつの新技だ！」

ヴォルスターで一息に距離を詰めながら、大和《やまと》は拳を振り上げた。

硫化水素と一緒に、アキサメが使ったもうひとつの技。

それは、

「地震のエネルギーを喰《く》らえ！　アース・インパクトォ！」

最大魔力を右拳に乗せて、地震の破壊エネルギーに変換しながら鉄拳を放った。

「[redacted]！」

刹那、イヴァンの肉体が引き抜かれるようにして地面を滑った。

イヴァンの胸板に叩《たた》き込《こ》まれるはずだった拳は胸板、腹、下腹部、太腿《ふともも》をも逃して、左膝に叩《たた》き込《こ》まれた。

左膝が砕け千切れて、トカゲのしっぽのように足を捨てたイヴァンが宙に浮かんだ。

おそらく、蕾愛《らいあ》と同じ力だろう。

「くそっ！」

必勝を逃した大和《やまと》は歯を食い縛りながら、悔しさで握り拳を固めた。

「情けない姿やな」

冷徹な声に大和《やまと》たちが首を回すと、木々の間から関西校首席、炭黒亜墨《すみぐろあすみ》が姿を現した。

「なんか市街の空が偉いことになっとるな。手、貸したるわ」

◆

ほんの十秒前。

戦いの様子に、木の上で炭黒亜墨《すみぐろあすみ》は驚愕《きょうがく》していた。

巨大な魔力の波動を感じ、チームメンバーを置いて駆けつけた彼女は、大和《やまと》たちの戦いを傍観していた。

イヴァンは強い。

凡人が何人集まろうと勝てるわけもない。

だから大和《やまと》たちが負けてから、悠々と自分がイヴァンを討つつもりだった。

なのに、イヴァンに比べれば雑魚《ざこ》同然の大和《やまと》たちは互角に渡り合っている。

能力的に劣る者はオプリーチニキ掃除をして主戦力がイヴァンに集中できるようにする。

タンク役の二人が防御に専念して、アタッカーが攻撃に専念する。

そんな単純な方法で、プロシーカーでもない学生がイヴァン雷帝の足を奪った。


――なん、なんや……こいつらは……？

力の足し算どころではない。

まるで掛け算のように、大和《やまと》たちは完璧なチームワークで、遥《はる》かに格上の敵と互角、むしろ、優勢に戦っていた。

――嘘《うそ》や……こんなん違う……。

かつて、自分をいじめた連中の下卑た表情を思い出しながら、炭黒《すみぐろ》は自身の人生観を守るように、必死に否定した。

孤高こそ最強。

チームワークは弱者の卑劣な手段。

だが、大和《やまと》たちの戦いはどうだろうか？

大和《やまと》の指示一つで、盾となる宇兎《うさぎ》や土御門《つちみかど》。

勇雄《いさお》に至っては、魔力がゼロにもかかわらず、大和《やまと》の一言でイヴァンとタイマンを張った。

仲間の作った隙を無駄にせず、自ら切り込み危険を冒す大和《やまと》。

弱者である大和《やまと》たちが、強者であるイヴァンに勝つために死に物狂いで戦う。

——嘘《うそ》や。

その姿を、炭黒《すみぐろ》は美しいと感じてしまった。

◆

「炭黒《すみぐろ》！」

空に座すイヴァンの雷撃を受けて、炭黒《すみぐろ》は闇の鎧《よろい》ごと吹き飛ばされ地面を転がった。

すかさず蜜也《みつや》が駆け寄り、体を回復してくれる。

「ッ、い、いらんわ！　回復ぐらい自分でできる！」

蜜也《みつや》の腕を払いのけて、炭黒《すみぐろ》は地面に手をついて立ち上がった。

「気づきまして大和《やまと》。イヴァンの動き」

「ああ。さっきから妙に反応がいいな」

炭黒《すみぐろ》も加わり、大和《やまと》たちは勝機が見えたと思った。

だが、全員で包囲戦を布《し》くもイヴァンは全ての攻撃をこともなげに防いでいた。その反応速度は武の達人を思わせる。

しかし、果たしてイヴァンは勇雄《いさお》のような武芸の達人だったか？

アメリアと大和《やまと》の疑問に応えるように、同じ雷属性の蕾愛《らいあ》がハッとした。

「この電磁波……わかったわ大和《やまと》。たぶんあいつ、電磁波のセンサーでアタシらの攻撃を把握しているんだわ」

「それでさっき、俺と勇雄《いさお》の挟み撃ちにも対応できたのか。今はセンサー最大ってところか。けど、問題はそれだけじゃない」

大和《やまと》が視線を投げると、炭黒《すみぐろ》は忍術で空気を足場に空を駆けて行く。

オプリーチニキの一人が、炭黒《すみぐろ》に弓矢を向けた。

七式《ななしき》がバルディッシュを投げてオプリーチニキの首を刎《は》ね飛ばすも、炭黒《すみぐろ》は弓矢に対して防御姿勢を取っていた。

その隙に、イヴァンが音速の雷球を放ってきた。

「ぐぁああ！」

炭黒《すみぐろ》は感電しながら墜落。地面に体を打ち付けた。

「ッ、炭黒《すみぐろ》！　オプリーチニキは七式《ななしき》たちが足止めしてくれる！　俺らはイヴァンに集中するんだ！」

「けど、それだって完璧やないやろ。流れ弾がこっちに飛んで来たらどないするんや」

炭黒《すみぐろ》は葛藤するように不安げな言葉を返してきた。

「その時は蕾愛《らいあ》でもアメリアでも後ろの奴《やつ》がカバーに入る！　前衛の俺やお前が周りのことを

気にするな！　自分の仕事に集中するんだ！」

「黙れや！」

痛みをこらえるような悲痛な叫び声の後に、炭黒《すみぐろ》は視線を伏せた。

「やっぱりウチには無理や！　あいつらの腕なんか信用できるか！　あいつらの討ち漏らした奴《やつ》が襲ってきたらどうする⁉　他人を頼れば気が緩む。それが隙になって命を落とすんや！」

感情を剝《む》き出《だ》しにした訴えに、大和《やまと》はやや怯《ひる》んだ。

これは上辺の言葉ではない。

経験に裏打ちされた、彼女の想《おも》いそのものだ。

「何がチームワークや！　やっぱ仲間なんて弱点でしかないわ！」

「そんなことない！」

炭黒《すみぐろ》を真っ向から否定するのは、宇兎《うさぎ》だった。

自分が倒した、そしておとなしい印象を受ける宇兎《うさぎ》の強い言葉に、炭黒《すみぐろ》はやや気圧《けお》された。

「頼れる相手がいると弱くなるんじゃない。頼れる仲間がいるって事実が、わたしを強くしてくれるんだよ！」

意外な反撃にたじろぐ炭黒《すみぐろ》に、宇兎《うさぎ》は続けて想《おも》いを叩《たた》きつけた。

「わたしはタンク、パーティーの壁役。わたしが攻撃を防いでいれば、大和《やまと》たちがなんとかしてくれる。そう信じているから、全力で自分の仕事をできるんだよ！」

普段は見せない宇兎《うさぎ》の気丈さに、大和《やまと》は驚きつつも心を打たれた。

――宇兎《うさぎ》、そんな風に思ってくれていたのか……。

「炭黒《すみぐろ》さんとの試合で大和《やまと》は言っていたよね。『万策が尽きたなら！　一万一個目の策でお前に勝つ！　諦めなければ戦いは続く、まだ負けていない』って。大和《やまと》！」

「おう！」

「イヴァンの攻撃は全部わたしが防ぐから、次の手を考えて！」

有無を言わせない程の強気に、大和《やまと》は強く心臓を脈動させながら頷《うなず》いた。

「任せろ！」

「なっ……」

目を見張る炭黒《すみぐろ》の横を宇兎《うさぎ》が通り過ぎる。

他人の為《ため》に戦うことで強くなる。

炭黒《すみぐろ》は、そんな人間が目の前に実在することに驚愕《きょうがく》しているようだ。

「アメリア、蕾愛《らいあ》、もう一度酸水素ガスを作ってくれ。ただし火付け役は炭黒《すみぐろ》の火遁《かとん》で頼む」

「アンタはどうすんのよ？」

「俺はアース・インパクト役だ」

「ですが大和《やまと》、どちらもイヴァンには通じませんわ！」

アメリアの冷静な分析に、けれど大和《やまと》は首を横に振った。

「いや、酸水素ガスならあいつの動きを止められる。そしてアース・インパクトはアイツの足を粉々に千切った。つまり、こいつを胸板か頭に叩《たた》き込《こ》めれば俺らの勝ちだ。そうだろ！」

「⁉　ええ！　その通りですわ！」

一瞬驚いた顔をしてから、アメリアは闘志に漲《みなぎ》る笑みで頷《うなず》いた。

「唯一の問題は、どうやってイヴァンに酸水素ガスを当てるかだな」

空を飛び、なおかつ電磁波センサーでこちらの動きを完全に把握するイヴァンが、みすみす大技を喰《く》らってくれるとは思えない。

大和《やまと》が悩むと、黙ってやりとりを見つめていた炭黒《すみぐろ》が意を決したように口を開いた。

「それなら……ウチが隙を作る。火種は勇雄《いさお》の手榴弾《しゆりゆうだん》でもいいやろ」

突然の申し出に、大和《やまと》はやや面食らった。

だが、乗らない手はない。

「頼めるか？」

「決まってるやろ。ウチから言い出したことやで」

気まずいようにそっぽを向いたまま、炭黒《すみぐろ》は無感動に呟《つぶや》いた。

「なぁ大和《やまと》。ウチは次の行動に全魔力を注《つ》ぎ込《こ》む。攻撃に回す余力はない。けど、ウチが隙を作ったら、本当にあいつを倒してくれるんやな？」

「当たり前だ！　攻撃は俺らに任せろ！」

大和《やまと》が自信たっぷりに断言すると、炭黒《すみぐろ》は一瞬、辛《つら》そうな顔をしてから声を震わせた。

「けどええんか？　逃げるなら今やで？　ウチらは学生や。あんな上級アポリア相手に命がけで戦う義務はない……」

「逃げねぇよ」

魔力を高めながら、大和《やまと》は短く答えた。

「なんでや？　奈良市民のためか？」

「もちろんそれもある。アポリアに襲われる恐怖、あんなもんを味わっていい人間なんていやしない。でも、それだけじゃない」

かつて、幼い頃に自分が襲われた時の恐怖を思い出しながら、大和《やまと》は拳に魔力を集めていく。

「宇兎《うさぎ》と約束したんだ。凄《すご》く大事な約束だ」

大和《やまと》は、宇兎《うさぎ》と一緒に春日大社《かすがたいしゃ》に行く約束をした。

その宇兎《うさぎ》が、大和《やまと》ならイヴァンを倒せると信じてくれている。

前の大和《やまと》なら、ただの遊びの約束だと軽んじただろう。

でも、今は違う。

「約束ってのはな、信頼なんだよ。この人なら守ってくれるって信頼するから人は約束するんだ。だから、ここで俺が諦めたら、あいつの信頼を裏切ることになっちまうんだ。あいつの心を傷つけることになっちまうんだ。それだけは、できねぇよなぁああああ！　絶対にぃ！」

拳の魔力を地殻変動のエネルギーに変える。余波だけで、空気が鳴動する。

それでもなお、大和《やまと》は魔力を昂《たかぶ》らせ、右手に送り続けた。

彼の拳は臨界状態へ迫り、もういつ炸裂《さくれつ》してもおかしくなかった。

炭黒《すみぐろ》は驚きを呑《の》み込《こ》むように一度目を伏せてから、不意に駆け出した。

「伏せぃ！」

炭黒《すみぐろ》は宇兎《うさぎ》の右隣に割り込み、横から迫る雷球を受けた。

土遁《どとん》の術だろう、地面から出した土壁を盾にするが貫通。さらに影の鎧《よろい》で相殺《そうさい》しきれない雷撃で苦悶《くもん》に顔を歪《ゆが》め膝が落ちそうになったが耐えた。

「炭黒《すみぐろ》さん!?」

「これでキメるで！　壁役は下がれ！　勇雄《いさお》、ウチが合図したらイヴァンに手榴弾《しゅりゅうだん》や！」

宇兎《うさぎ》と土御門《つちみかど》の前に躍り出ると、炭黒《すみぐろ》は両手を広げて空のイヴァンを見上げた。

「知っとるか十六世紀の中世人!?　光は電磁波の一種で、世の中にはダークマター言うて光を吸収する物質が存在するんやで！」

炭黒《すみぐろ》の全身から、薄く黒い波動が放たれた。

大和《やまと》の目には、周囲がやや薄暗くなった程度。

だが、イヴァンは違った。

「[redacted]!?」

自身の放つ電磁波センサーを消されたせいだろう。イヴァンは表情を変え、固まった。

電磁波センサーを第六感として戦ってきたイヴァンにとって、それは、戦いのさなか、突然無音に、あるいは暗闇に放り込まれたも同然だ。

必然、状況把握の為《ため》、一瞬の隙ができる。

「いまや勇雄《いさお》ぉおおおおおおお！」

勇雄《いさお》は手首のスナップを利《き》かせ、素早く手榴弾《しゅりゅうだん》を放ち、アメリアと蕾愛《らいあ》は酸水素ガスを放った。

直後、手榴弾《しゅりゅうだん》の爆炎は白い太陽と化して、イヴァンを包み込んだ。

「■■■■■■■■■■■■■■■■！」

声にならない絶叫を上げながら、イヴァンは地面に落下した。

大和《やまと》はヴォルスターで距離を詰め、万全の状態で拳を振りかぶった。

「これで、終わりだぁあああああああ！」

「■■」

――ッ!?

雷帝の意地か、イヴァンは燃えながらバックステップを取った。

このまま飛んで逃げられたら、タイミングがズレる。

最大威力のアース・インパクトがキマらない。

――また駄目なのか。

大和《やまと》の心に、奈良市がアポリアの軍勢に蹂躙《じゅうりん》される恐怖が去来する直前、だが視界の端を何かが閃《ひらめ》いた。

――炭黒《すみぐろ》？

彼女が全体重を前に預けた前傾姿勢と転びそうな勢いでイヴァンの背後に駆け込んでいた。

炭黒《すみぐろ》の走行を邪魔できないよう、彼女の横にはアメリアが氷の壁を作っていた。

こんな作戦は聞いていない。

きっと、誰かがオプリーチニキを止めてくれる、と信じての行動だろう。

全神経を走ることに集中させた炭黒《すみぐろ》はイヴァンの背後に回り込むと、地面から土壁を出現させた。

イヴァンは背中を土壁にぶつけ、進行を妨げられた。

むしろ、大和《やまと》に向かって押し込まれた。

「[redacted]!?」

「炭黒《すみぐろ》！　お前最高だぜ！」

満身の力と万感の想《おも》いを込めて、大和《やまと》は拳を振り抜いた。

イヴァンの膝を粉々に砕け千切った大和《やまと》の拳が、イヴァンの胸板を貫いた。

地殻を変動させる地震のエネルギーが炸裂《さくれつ》した。

いかに巨漢とはいえ、その力は人のサイズにはあまりに大きく、そして雄大だった。

「[redacted]！」

もはや、声ですらない異音と共に、イヴァンの全身は土壁ごと雲散霧消するように爆《は》ぜた。

「……勝った」

全神経を攻撃に集中させていた大和《やまと》は、前のめりに倒れ込んだ。

「大和《やまと》！」

崩れた土壁の向こう側にいた炭黒《すみぐろ》が、大和《やまと》を優しく抱き留めた。

「おう、ありがとうな。それで、空は？」

すぐに奈良市の空を見上げると、亀裂の拡大が止まっていた。

それから、時間を巻き戻すように亀裂が塞がり、空はいつもの青さを取り戻していく。

周囲を見渡すと、いつの間にか動きを止めていたオプリーチニキたちも次々砂のように崩れ去っていく。

どうやら、イヴァンの能力で作り出された疑似アポリアだったらしい。

「ありがとうな。炭黒《すみぐろ》」

自分の足で立ちながら、大和《やまと》は肩を貸してくれた彼女の目を見て感謝した。

「嫌いな奴《やつ》に軽々しく礼なんか言うなや。ウチはちょっと手ぇ貸しただけやろ」

炭黒《すみぐろ》が視線を外すと、蜜也《みつや》の治療を受けていた宇兎《うさぎ》が歩み寄ってきた。

「ねぇ炭黒《すみぐろ》さん、やっぱり、わたしたちの学校に来ない？」

「なっ⁉」

まさかの提案に、炭黒《すみぐろ》は度肝を抜かれたようにたじろいだ。

「ふ、ふざけんなや。ウチはお前を殺そうとした女やぞ？」

「でもさっき、わたしをかばってくれたよね？　自分のために苦しんでくれる人が、仲間じゃないわけないよ」

「けど……」

炭黒《すみぐろ》が大和《やまと》を一瞥《いちべつ》すると、勇雄《いさお》が口を挟んできた。

「大和《やまと》に負けたことが後ろめたいか？　だがな、挫折は人生においては赤信号機ぐらいありふれているものだ。悔しいと思う気持ちが人を前へ進ませる。後悔できるということは、一つの才能だ」

「ちっ、暑苦しい連中やな……言っておくけどな、ウチは他人なんて煩わしいだけやと信じて疑わんし今もその考えは変わらへん」

大和《やまと》のことを睨《にら》みつけながら、炭黒《すみぐろ》はトゲのある声を漏らした。

「けど、お前らとはしばらく一緒にいてやるわ。そんでウチが正しいことを証明したる」

宇兎《うさぎ》と炭黒《すみぐろ》の和解が嬉《うれ》しくて、大和《やまと》は歯を見せて笑った。

「ああ。よろしくな炭黒《すみぐろ》」

「……それから、ずっと思てたんやけどな」

炭黒《すみぐろ》の声に、僅かな苛立《いらだ》ちが混じった。

「ウチはスミグロやない、スミクロやッ」

「え？　そうなのか？」

大和《やまと》たち東日之和《ひのわ》人たちが一斉にきょとんとした。

「ちっ、これやから濁り文化の東は、もうええ、ウチのことは亜墨《あすみ》って呼べ」

最初から下の名前で呼ぶのが一般的なアメリオン合衆国民のアメリアは別の意味で不思議そうにしていた。

「それと、アメリアもありがとうな。お前がいなかったらマジでキツかったぜ」

「ふん、当然ですわ。だって、貴方《あなた》がた凡民を守るのはワタクシたちエリートの務めですもの！　ノブレスオブリージュ、持たざる者には施しを。弱い貴方《あなた》がたは、これからもせいぜいワタクシが守ってあげますわ」

「あぁ、頼りにしているぜ」

アメリアの態度が軟化したことに大和《やまと》が喜んでいると、ぞろぞろと足音が耳朶《じだ》に触れた。

草木をかきわけて、亜墨《あすみ》班《はん》の九人が遅れて到着した。

九人とも、「先に行くなよ」「捜したぞ」などと文句を言っている。

「あー、忘れてたわ」

亜墨《あすみ》はしれっと言った。

その状況に、蕾愛《らいあ》がぽつりと漏らす。

「ていうか刀牙《とうが》の班だけ来なかったわね。先生とLIA《リア》は空があんなだしそっちに対応していたんだろうけど、こんだけ派手にドンパチしているのに気づかないとかあいつ意外と鈍いわね」

——そういえばそうだな。

蕾愛《らいあ》が呆《あき》れ気味に笑う一方で、大和《やまと》はどうも腑《ふ》に落ちなかった。

◆

同じ頃。

同じ森の、大和《やまと》たちとは反対方角の位置に鬼龍院刀牙《きりゆういんとうが》班はいた。

木漏れ日の下、大剣クレイモアを手に佇《たたず》む彼の目の前には、イヴァンの一〇〇倍の質量を誇る巨軀《きよく》が倒れていた。

ショートソードサイズの牙がズラリと並んだ軽自動車サイズの口、人間の身長よりも長いツノ、たくましい四肢の先にはこれまた刀剣のような爪が輝き、太く長い尾は民家を一撃で薙《な》ぎ払《はら》いそうな印象を受ける。

その雄大な姿は、神話のドラゴンと呼ぶに相応《ふさわ》しいだろう。

神話における獣王が、だが無傷の刀牙《とうが》に見下ろされながらその身を雲散霧消させていく。

「いよいよ、アポリアも本腰を入れてきたか」

勝利の余韻もなく、刀牙《とうが》は事件現場を検分する探偵のように鋭い表情で自身の顎をひとなでした。

アポリアはその星の支配者を模倣することで環境に適応する。なら、古代において地球を支配したドラゴンを模倣してもおかしくはない。

だが、今までドラゴン型のアポリア、というのは聞いたことがない。

「せいぜい、期待させてもらおう」

離れた場所で怯《おび》える仲間たちの前で、刀牙《とうが》はイヴァンのいた方角を一瞥《いちべつ》した。

今後も上級アポリアが出続けるなら面白くなりそうだと、鬼龍院刀牙《きりゅういんとうが》は微笑を漏らした。

◆

三時間後。

空が元に戻り、アポリアの反応もなくなったことで非常事態宣言も解除された。

大和《やまと》は、宇兎《うさぎ》と一緒に春日大社《かすがたいしゃ》の夫婦大国社《めおとだいこくしゃ》を訪れていた。

「ＡＩコンのナビだとここっぽいな」

「うん、ここが春日大社《かすがたいしや》の夫婦大国社《めおとだいこくしや》だよ」

赤く壮麗な春日大社《かすがたいしや》から南に少し下り、階段を上った場所に、その神社はあった。

境内の中は、多くの男女で賑《にぎ》わい、さっきまでの危機が嘘《うそ》のようだった。

「非常事態宣言が解除されたばかりなのに、随分《ずいぶん》人が多いな？」

「ううん、きっとだからだよ」

大和《やまと》が首を傾《かし》げると、宇兎《うさぎ》は恋する乙女の顔になった。

イヴァンとの戦いで愛用のリボンが焦げてしまったので今は髪をおろしているせいか、いつもよりちょっと大人びて見える。

「きっと、あんなことがあったから、好きな人とずっと一緒にいられますようにって、神様にお願いしたいんだよ」

「そっか、みんな不安なんだな……」

そう思うと、ちょっと複雑な気持ちだった。

誰もが不安にならない世界にしたい。

大和《やまと》は、あらためてそう感じた。

「大和《やまと》、ハートの絵馬はあっちで買えるみたい。行こ」

「おう」

宇兎《うさぎ》に袖を引かれるまま、大和《やまと》はついていく。

好きな女の子が気兼ねなく自分の袖口を引いてくれることが、ちょっと嬉《うれ》しい。

ハート形の絵馬は、右半分がピンク地に毛筆のような書体の白文字で【夫婦大国社えんむすび】と書かれている。残る左三分の二の白い部分に、願い事を書くらしい。

近くの筆記台の上で、宇兎《うさぎ》はやや息を荒くしてペンを走らせた。

「えっと、胸で人を判断しない素敵な彼氏が年内、いや三年以内にできますように。あとできればその人と結婚して子供は、あ、スペースがない」

しょぼんと声を落とす宇兎《うさぎ》。

普段はリボンでツーサイドアップにしている頭が余計に寂しく見えるも、その姿が愛らしかった。

大和《やまと》はクスリと笑った。

「でも、イヴァンを倒せてよかったよな」

「うん、でないと街の人たちが危なかったよ」

「いや、それもだけど、アポリアだらけになったら、きっとここも壊されただろうし。そしたらこうやってハートの絵馬も買えなかったろ？」

「え？」

小柄な宇兎《うさぎ》は大和《やまと》のことを見上げながら、ためらいがちにくちびるを開いた。

「大和《やまと》、わたしとの約束を守るためにがんばってくれたの？」

「そりゃまぁ、宇兎《うさぎ》をガッカリさせたくないし」

大和《やまと》もちょっと口ごもりながら言うと、宇兎《うさぎ》はくすぐったそうに笑ってくれた。

「ありがとう。いっぱい嬉《うれ》しいよ」

その笑顔に大和《やまと》は気分が盛り上がり、白ランのポケットに忍ばせたリボンを意識した。

彼女がリボンを失っていることもあり、今なら自然に渡せる気がする。

「あとこれ、宇兎《うさぎ》に」

「わたしに？」

大和《やまと》が包装された長方形の箱を突き出すと、宇兎《うさぎ》は小首を傾《かし》げた。

「ああ。リボン、焦げちまったんだろ？　幼稚園児の頃から使っていたのに残念だったな。でもやっぱりツーサイドアップのほうが宇兎《うさぎ》らしいし、だから買っておいた」

嘘《うそ》だ。

本当は奈良に着いた時点で駅で買っていた。

けれど、こう言えば警戒されないと思ったのだ。

――彼氏でもない男子から理由もなくプレゼントされたら、気持ち悪いだろうしな。

「あれ？　でもこれ昨日、大和《やまと》が駅で買っていたリボンだよね」

――見られていた！

大和《やまと》は左手で自分の顔を覆った。

一息遅れて、宇兎《うさぎ》は自身の失言に気づいたようにハッとした。

「ふやっ！　あ、あの違うの！　大和《やまと》が駅で買っていたのはその、リボンじゃなくて大仏の置物だよね！」

「握り拳で精一杯のフォローをありがとう……」

大和《やまと》は繊細なハートを傷だらけにしながら恥ずかしくてうつむき続けた。

けれど、

「ねぇ大和《やまと》、じゃあこれ、わたしのために用意してくれたんだよね？」

「は、はい」

敬語になるぐらい弱り切った大和《やまと》だが、右手からリボンを抜き取られて、顔を上げた。

彼女はかぁ～っと頬を染めながらプレゼントを開封して、リボンを差し出してくる。

宇兎《うさぎ》は優しくはにかんだ。

「つけて」

「へ？」

「リボン、大和《やまと》がつけて」

うわめづかいに、恥ずかしそうにおねだりしてくる宇兎《うさぎ》が可愛《かわい》すぎて、大和《やまと》は心臓がどうにかなりそうだった。

「あの、つけかたがわからないんだけど？」

「もう、こうやるんだよ」

箱を筆記台に乗せて、彼女は右側の髪をリボンで結んでワンサイドアップにした。

「はい大和《やまと》」

「お、おう」

差し出されたもう一本のリボンを手に取り、大和《やまと》は見《み》よう見真似《みまね》で左側の髪を結んだ。

「できた、ぞ」

思った通り、前のリボンとよく似た、だけど子供っぽい白いふわふわのない桜色のリボンは、彼女の印象を大きく変えないままにちょっと大人びた印象を与えてくれた。

「似合う、かな？」

期待するような眼差《まなざ》しでこちらの様子をうかがってくる宇兎《うさぎ》に、大和《やまと》は、もう頭の中が恋愛ホルモンでいっぱいだった。

「凄《すご》く、いいぞ」

大和《やまと》が語彙力ゼロの感想を絞り出すと、宇兎《うさぎ》は幸せそうに、満開の笑みで咲《わら》ってくれた。

「春日大社《かすがたいしゃ》、ご利益《りやく》あり過ぎだよ」

言って、彼女は胸板に跳びついてきた。

「えへへ、大和《やまと》、大好き♪」

いまこの場で、誰よりもご利益《りやく》を感じているのは自分だと、大和《やまと》は確信した。

◆

翌日。

大和《やまと》たち一年十組は東京へ帰るべく、新幹線に乗り込んでいた。

駅のホームには、関西校の代表選手と担任の天姫《あまめ》が見送りに来てくれた。

「ほな亜墨《あすみ》、向こうに行ったら髪の手入れ、ちゃんとするんやで」

「じゃあなアスミン。東京モンに負けるんやないで」

「みかん、新幹線の中でみんなと食べて」

藤原貴咲《ふじわらきさき》、高坂福来《こうさかふくきたる》、小鳥遊円子《たかなしまるこ》に送り出されて、亜墨《あすみ》は車両の出入口でやや戸惑いながらみかんを受け取った。

「あ、ああ……」

「じゃあ真白《ましろ》くん、亜墨《あすみ》のことよろしくな」

「はい任せてください。ところで一人、来ていないようですが？」

真白《ましろ》の指摘に、天姫《あまめ》は困った顔でホームを見回した。

「龍麻呂《たつまろ》くんも来る言うてたはずなんやけど、あ、来た」

大和《やまと》が首を回すと、ホームに続く階段を駆け下り龍麻呂《たつまろ》が走って来るところだった。

手には、長い布袋を握っている。

「獅子王《ししおう》！」

勇雄《いさお》の前で立ち止まり肩で息をしながら、龍麻呂《たつまろ》は勇雄《いさお》に尋ねた。

「あんたはんは、これからもプロシーカー目指すんか？」

「無論」

「魔力がゼロやのに、無理やて、諦めよう思わんのか？」

その質問に、勇雄《いさお》は自嘲気味に笑ってから昔を懐《なつ》かしむように答えた。

「諦める理由なんていくらでもあった。だが、どれも私が夢を手放す理由には足りないんだ」

「……あれだけの強さを、どうやって手に入れたんや？」

「なんのことはない。実戦的な全ての技を毎日左右千本ずつやっているに過ぎない」

「千て……なんでそこまでできるんや……」

「魔力が無いからな。練習だけが私の不安を払拭《ふっしょく》してくれる」

「…………」

勇雄《いさお》の微笑に、龍麻呂《たつまろ》は言葉を失ってからうつむき、布袋を差し出した。

「これを、あんたはんに」

「これは？」

勇雄《いさお》が布袋を解くと、黒地に金の蒔絵《まきえ》が施された鞘《さや》と朱鞘《しゅざや》の二振りの和刀が入っていた。

僅かに柄を引いて刀身を確認すると、鏡のように美しく磨き上げられた輝きを放った。

「京で、いや、日本一の刀匠が鍛えた最上大業物《おおわざもの》、三日月連夜《みかづきれんや》と緋緋色大国主《ひひいろおおくにぬし》や。受け取ってくれるか？」

試合で見せた居丈高な態度とはうってかわった、あまりに真摯な態度には、さしもの勇雄《いさお》も意表を突かれた様子だった。

「こんな名刀を……大事なものではないのか？」

「だからこそや」

「だが、何故《なぜ》私に？」

「あんたはんとの……つながりが欲しいんや」

まるで愛の告白のように真剣な、そして雄弁な言葉だった。

「使わず部屋に飾っても、長巻に作り替えても、盾にしてもええ。せやから……」

こいねがうように必死に頼んでくる龍麻呂《たつまろ》に、勇雄《いさお》も表情をやわらげた。

「助かる。貴君のおかげで、金棒を貰《もら》った鬼の気持ちがよくわかる。そして誓おう。私はこの刀で、必ずや大勢の人々を救う。友との約束だ」

勇雄《いさお》が右手を差し出すと、龍麻呂《たつまろ》は感極まったように両手で勇雄《いさお》の手を握った。

その姿には、大和《やまと》も軽く感動してしまう。

勇雄《いさお》との戦いを通じて、彼も変わったのだろう。

ふと、アメリアのことを思い出す。

関西生と天姫《あまめ》と別れを済ませてから、大和《やまと》は車両に乗り込んだ。

すると、手前の席に座っているアメリアに呼び止められた。

「大和《やまと》」

その顔は厳しく、だけどどこか不安げだった。

「なんだ？」

「どうして、ワタクシをかばいましたの？」

実のところを言うと、イヴァンとの戦いの後、大和《やまと》は嘘《うそ》の報告をしていた。

アメリアが独断専行で勝手にイヴァンを攻撃したことを伏せ、イヴァンが襲い掛かってきた、と。

「もう反省しているんだろ？　なら、わざわざ告げ口しなくてもいいだろ」

「ですが――」

「気持ちはわかるよ。俺も経験者だからな」

アメリアの言葉を遮るように言うと、彼女は少し驚いた顔をした。

「俺さ、小学生の頃にアポリアに襲われているんだ。その時に真白《ましろ》先生の父親の秋雨《あきさめ》さんが墜落中の飛行機よりも俺を優先して助けてくれた。それで俺は自分のせいで飛行機の乗客が死んだらどうしようって、すげぇ辛《つら》かった。結局、秋雨《あきさめ》さんが全部助けてくれたんだけどな。自分のせいで誰かが傷つくって、しんどいよな」

大和《やまと》がかつての辛《つら》い気持ちを胸に焼きつけながら語り掛けると、アメリアは膝の上できゅっとスカートを握りしめてから、やや語気を強めた。

「凡民の分際で生意気ですわよ。次は、ワタクシが貴方《あなた》を守ってあげます。それで今回のことは貸し借りなしですわ」

「最初から貸しも借りもねぇよ。仲間なんだから助けるのは当然。いちいち味方のカバーをカウントするなんて品の無いことするかよ」

「ッ、ワタクシ、貴方《あなた》のことが気に入りませんわ」

と、言いつつ、そっぽを向くアメリアの顔は嬉《うれ》しそうだった。

そして、離れた座席の影から、宇兎《うさぎ》が小動物のようにそわそわとこちらの様子をうかがってくるのが可愛《かわい》かった。

◆

真白《ましろ》が窓際《まどぎわ》からひとつ離れた席に座っていると、隣の窓際《まどぎわ》席に亜墨《あすみ》が座ってきた。

「なぁ先生、なんでウチみたいに面倒な女、編入させたんや？」

「それは、君が凄《すご》くいい子だからです」

亜墨《あすみ》の不機嫌に拍車がかかった。

「は？　先生目ぇ節穴なんちゃうか？」

「いいえ。だって君は試合の時、大和《やまと》くんが『俺の尊敬する人が生きていたら』と、彼が尊敬する人を失っていると知った時、表情を変えました。また、彼が意中の女性と仲が良《い》いと知った時は頰を緩めていました。人の不幸を悲しみ、幸せを喜べる人間に悪い人はいませんよ」

「はんっ、くだらん妄言やな。言っとくけど、ウチは仲良しこよしの甘ちゃんごっこなんかせぇへんからな」

「まあまあ、そう言わずに。仲間と学び、仲間と鍛え、仲間と遊ぶ。人生を楽しく生きる秘訣《ひけつ》はずばりこれです」

ゴマをするような語調の真白《ましろ》に、亜墨《あすみ》は辟易《へきえき》とした。

「……いまさら仲間に逃げられるかい。ウチはもう、こういう生き方しかできんわ」

「逃げたのではありません。方向転換しただけです。強く、なる為《ため》にね」

「……ほんま、喰《く》えんおっさんや」

そう言いながら窓の外を見つめる亜墨《あすみ》は、微笑を浮かべていた。

あとがき

読者の皆様お久しぶりです。作者の鏡《かがみ》銀鉢《ぎんぱち》です。

何故《なぜ》か2巻から手に取った方ははじめまして。作者の鏡《かがみ》銀鉢《ぎんぱち》です。

本作を手に取って頂き、誠にありがとうございます。

皆様のおかげで本作は2巻目を出すことができました。

重ねてありがとうございます。

ちなみに本作の前日譚をカクヨムで『俺は英雄になれるのだろうか』というタイトルで投稿しました。是非読んでみて下さい。真白《ましろ》の父で大和《やまと》の恩人、秋雨《あきさめ》が主人公で、シーカー学園創設の物語です。

ところで本作はラノベに少年漫画のノリを持ち込んでいるだけあり、様々なネタが入っているのですがいくつわかったかな?

私は本来パロネタは使いません。伝わらないと無意味なので。

けれど本作だけは伝わらなくても問題ない範囲で仕込みました。

単純なところで言うと大和《やまと》とアメリアの魔力値が五三万なのはドラゴンボ〇ルのフリ〇ザ様の戦闘力が由来です。

戦闘力五三万。色々な作品で強キャラに使われますね。

ちなみに蕾愛《らいあ》の魔力値十二万はギニュ〇隊長の戦闘力です。

本作の新キャラ炭黒《すみぐろ》亞《あ》墨《すみ》の魔力値が一〇〇万なのはキン肉マ〇のウォ〇ズマンの超人強度一〇〇万パワーが由来です。

余談ですがこの戦闘力の数値化を最初にやったのは誰だ論争ですが、個人的には漫画の神様手塚《てづか》治虫《おさむ》先生だと思っています。

代表作、鉄腕アトムでは戦闘ロボの馬力が設定されているのですが、馬力を強化するとパワーとスピードだけでなく、何故《なぜ》か装甲強度まで上がっていたり、ロボ同士で戦うと基本馬力が高いほうが勝つなど、事実上の戦闘力として扱われていました。

おっと、ここまで長々と書いてしまいましたが、最後にこの場を以《も》って、関係者の皆様へ謝辞を送らせて頂きます。

担当編集者様、電撃文庫編集部様、イラストを担当してくれたｍｏｔｔｏ様。他、本作の出版に関わって頂いた全ての方に感謝を込めて。ありがとうございました。

２０２２年６月某所
鏡《かがみ》　銀鉢《ぎんぱち》

●鏡銀鉢著作リスト

「忘却の軍神《かみ》と装甲戦姫《ブリュンヒルデ》Ⅰ～Ⅳ」（MF文庫J）

「独立学園国家の召喚術科生《ヒロイック・スレイヤー》Ⅰ～Ⅲ」（同）

「俺たちは空気が読めない　孤独《ボッチ》な彼女の助け方」（同）

「俺たちは空気が読めない2　孤独《ボッチ》な彼女の嫁ぎ方」（同）

「無双で無敵の規格外魔法使い　女神の弟子は攻撃力ゼロでも最強ハーレム英雄ライフ」（同）

「平社員は大金が欲しい　誰でも出来るCM出演料10億への道」（ノベルゼロ）

「スクール下克上
超能力に目覚めたボッチが政府に呼び出されたらリア充になりました」（角川スニーカー文庫）

「僕らは英雄になれるのだろうか1～2」（電撃文庫）

本書に対するご意見、ご感想をお寄せください。

ファンレターあて先
〒 102-8177　東京都千代田区富士見 2-13-3
電撃文庫編集部
「鏡銀鉢先生」係
「motto 先生」係

本書は書き下ろしです。

電撃文庫

僕《ぼく》らは英雄《えいゆう》になれるのだろうか2

鏡銀鉢《かがみぎんぱち》

2022年8月10日　初版発行

発行者　青柳昌行
発行　株式会社KADOKAWA
〒102-8177　東京都千代田区富士見2-13-3
0570-002-301（ナビダイヤル）
装丁者　荻窪裕司（META＋MANIERA）
印刷　株式会社暁印刷
製本　株式会社暁印刷

●お問い合わせ
https://www.kadokawa.co.jp/（「お問い合わせ」へお進みください）
※内容によっては、お答えできない場合があります。
※サポートは日本国内のみとさせていただきます。
※Japanese text only

※定価はカバーに表示してあります。

ISBN978-4-04-914530-4　C0193　Printed in Japan

電撃文庫　https://dengekibunko.jp/

電撃文庫創刊に際して

文庫は、我が国にとどまらず、世界の書籍の流れのなかで〝小さな巨人〟としての地位を築いてきた。古今東西の名著を、廉価で手に入りやすい形で提供してきたからこそ、人は文庫を自分の師として、また青春の想い出として、語りついできたのである。

その源を、文化的にはドイツのレクラム文庫に求めるにせよ、規模の上でイギリスのペンギンブックスに求めるにせよ、いま文庫は知識人の層の多様化に従って、ますますその意義を大きくしていると言ってよい。

文庫出版の意味するものは、激動の現代のみならず将来にわたって、大きくなることはあっても、小さくなることはないだろう。

「電撃文庫」は、そのように多様化した対象に応え、歴史に耐えうる作品を収録するのはもちろん、新しい世紀を迎えるにあたって、既成の枠をこえる新鮮で強烈なアイ・オープナーたりたい。

その特異さ故に、この存在は、かつて文庫がはじめて出版世界に登場したときと、同じ戸惑いを読書人に与えるかもしれない。

しかし、〈Changing Times,Changing Publishing〉時代は変わって、出版も変わる。時を重ねるなかで、精神の糧として、心の一隅を占めるものとして、次なる文化の担い手の若者たちに確かな評価を得られると信じて、ここに「電撃文庫」を出版する。

1993年6月10日
角川歴彦

電撃文庫DIGEST　8月の新刊

発売日2022年8月10日

魔王学院の不適合者12〈上〉
～史上最強の魔王の始祖、転生して子孫たちの学校へ通う～

著／秋　イラスト／しずまよしのり

世界の外側《銀水聖海》へ進出したアノス達。ミリティア世界を襲った一派《幻獣機関》と接触を果たすが、突然の異変がイザベラを襲う――第十二章《災淵世界》編、開幕!!

新作　魔法史に載らない偉人
～無益な研究だと魔法省を解雇されたため、新魔法の権利は独占だった～

著／秋　イラスト／にもし

優れた魔導師だが「学位がない」という理由で魔法省を解雇されたアイン。直後に魔法史を揺るがす新魔法を完成させた彼は、その権利を独占することに――。『魔王学院の不適合者』の秋が贈る痛快魔法学ファンタジー！

男女の友情は成立する？（いや、しないっ!!）Flag 5.じゃあ、まだ30になってないけどアタシにしとこ？

著／七菜なな　イラスト／Parum

東京で新たな仲間と出会い、クリエイターとしての現在地を知った悠宇。しかし充実した旅の代償は大きくて……。日葵と凛音への嘘と罪に向き合う覚悟を決めた悠宇だったが――１枚の写真がきっかけで予想外の展開に？

新・魔法科高校の劣等生 キグナスの乙女たち④

著／佐島 勤　イラスト／石田可奈

『九校戦』。全国の魔法科高校生が集い、熾烈な魔法勝負が繰り広げられる夢の舞台。一高の大会六連覇のために、アリサや茉莉花も練習に励んでいた。全国九つの魔法科高校が優勝という栄光を目指し、激突する！

エロマンガ先生⑬
エロマンガフェスティバル

著／伏見つかさ　イラスト／かんざきひろ

マサムネと紗霧。二人の夢が叶う日が、ついにやってきた。二人が手掛けた作品のアニメが放送される春。外に出られるようになった紗霧の生活は、公私共に変わり始める。――兄妹創作ラブコメ、ついに完結！

新説 狼と香辛料 狼と羊皮紙Ⅷ

著／支倉凍砂　イラスト／文倉 十

いがみ合う二人の王子を馬上槍試合をもって仲裁したコル。そして聖典印刷の計画を進めるために、資材と人材を求めて大学都市へと向かう。だがそこで二人は、教科書を巡る学生同士の争いに巻き込まれてしまい――!?

三角の距離は限りないゼロ8

著／岬 鷺宮　イラスト／Hiten

二重人格の終わり。それは秋玻／春珂、どちらかの人格の消滅を意味していた。「「矢野君が選んでくれた方が残ります」」彼女たちのルーツを辿る逃避行の果て、僕らが見つけた答えとは――。

この△《さんかく》ラブコメは幸せになる義務がある。2

著／榛名千紘　イラスト／てつぶた

生徒会長選挙に出馬する麗良、その応援演説に天馬は凜華を推薦する。しかし、ポンコツ凜華はやっぱり天馬を三角関係に巻き込んで……!?　もっとも幸せな三角関係ラブコメ、今度は麗良の「秘密」に迫る!?

エンド・オブ・アルカディア2

著／蒼井祐人　イラスト／GreeN

《アルカディア》の破壊から２ヶ月。秋人とフィリアたちは慣れないながらも手を取り合い、今日を生きるための食料調達や基地を襲う自律兵器の迎撃に追われていた。そんな中、原因不明の病に倒れる仲間が続出し――。

楽園ノイズ5

著／杉井 光　イラスト／春夏冬ゆう

『一年生編完結』――高校1年生の締めくくりに、ライブハウス『ムーンエコー』のライブスペースで伽耶の中学卒業を記念したこけら落とし配信を行うことに。もちろんホワイトデーのお返しに悩む真琴の話も収録！

隣のクーデレラを甘やかしたら、ウチの合鍵を渡すことになった4

著／雪仁　イラスト／かがちさく

夏臣とユイは交際を始め、季節も冬へと変わりつつあった。卒業後の進路も決める時期になり、二人は将来の姿を思い描く。そんな時、ユイの姉ソフィアが再び来日して、ユイと一緒にモデルをすると言い出して――

僕らは英雄になれるのだろうか2

著／鏡銀鉢　イラスト／motto

関東校と関西校の新入生による親善試合が今年も開催され、大和達は会場の奈良へと乗り込んだ。一同を待ち構えていたのは街中で突如襲来したアポリアと、それらを一瞬で蹴散らす実力者、関西校首席の炭黒亞墨だった。

新作　チルドレン・オブ・リヴァイアサン 怪物が生まれた日

著／新 八角　イラスト／白井鋭利

2022年、全ての海は怪物レヴィヤタンに支配されていた。民間の人型兵器パイロットとして働く高校生アシトは、ある日国連軍のエリート・ユアと出会う。海に囚われた少年と陸に嫌われた少女の運命が、今動き出す。

悪徳の迷宮都市を舞台に
一人のヒモとその飼い主の生き様を描く
衝撃の異世界ノワール
第28回
電撃小説大賞
大賞
受賞作
姫騎士様のヒモ
He is a kept man for princess knight.
白金 透
Illustration
マシマサキ
姫騎士アルウィンに養われ、人々から最低のヒモ野郎と罵られる
元冒険者マシューだが、彼の本当の姿を知る者は少ない。
「お前は俺のお姫様の害になる——だから殺す」
エンタメノベルの新境地をこじ開ける、衝撃の異世界ノワール！
電撃文庫

エンド・オブ・アルカディア
第28回
電撃小説大賞
金賞
受賞作
死ぬことのない戦場で
死に続けた彼と彼女の、
邂逅と共鳴の物語！
蒼井祐人 【イラスト】――GreeN
Yuto Aoi
END OF ARCADIA
彼らは安く、強く、そして決して死なない。
究極の生命再生システム《アルカディア》が生んだのは、複体再生〈リスポーン〉を駆使して戦う１０代の兵士たち。戦場で死しては復活する、無敵の少年少女たちだった――。
電撃文庫

アマルガム・ハウンド
捜査局刑事部特捜班
1
駒居未鳥
illust 尾崎ドミノ
第28回
電撃小説大賞
選考委員奨励賞
電撃文庫
少女は猟犬――
主人を守り敵を討つ。
捜査官と兵器の少女が
凶悪犯罪に挑む！
捜査官の青年・テオが出会った少女・イレブンは、
完璧に人の姿を模した兵器だった。
主人と猟犬となった二人は行動を共にし、
やがて国家を揺るがすテロリストとの戦いに身を投じていく……。

電撃文庫

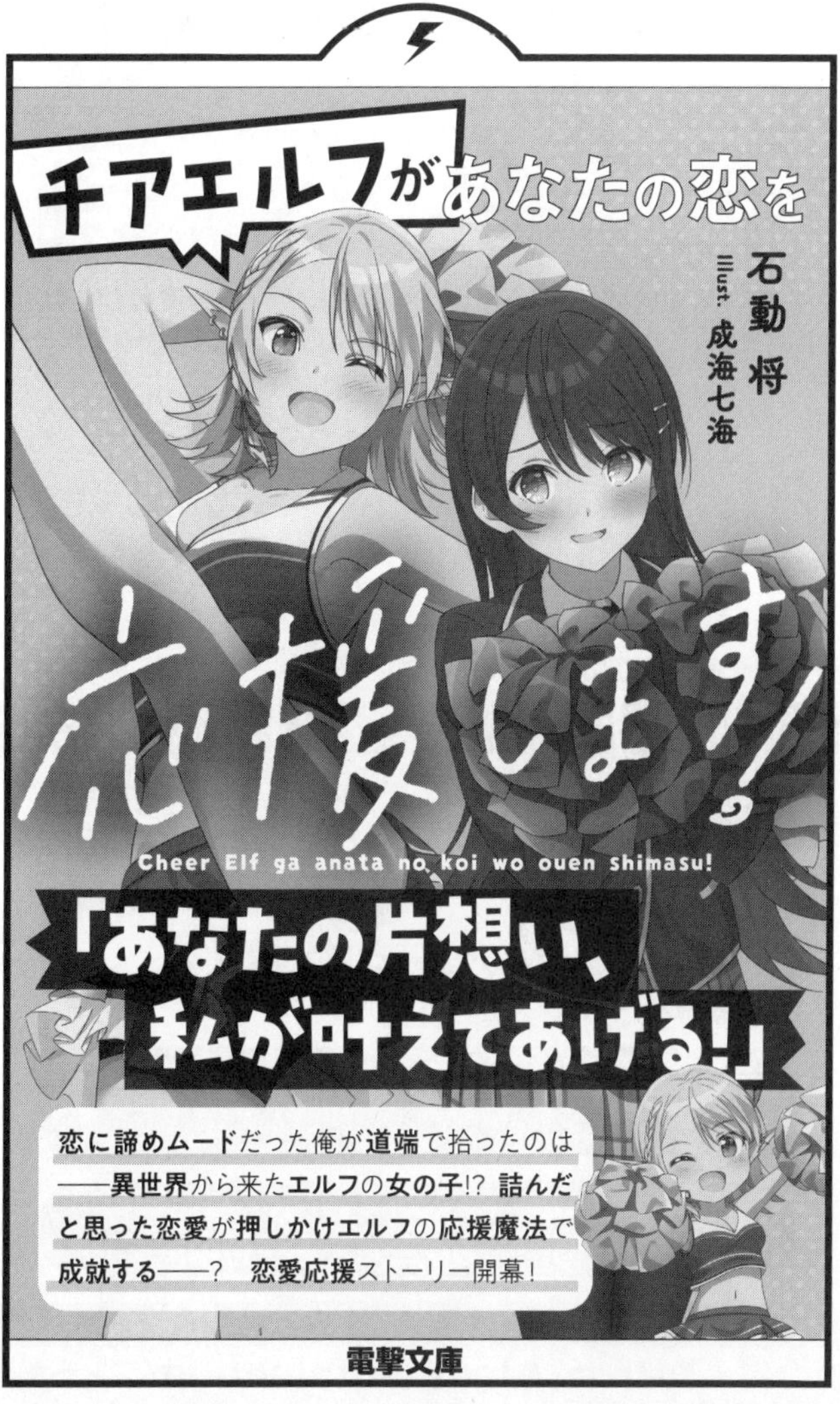
チアエルフがあなたの恋を
応援します！
石動 将
Illust. 成海七海
Cheer Elf ga anata no koi wo ouen shimasu!
「あなたの片想い、
私が叶えてあげる！」
恋に諦めムードだった俺が道端で拾ったのは
――異世界から来たエルフの女の子!? 詰んだ
と思った恋愛が押しかけエルフの応援魔法で
成就する――？　恋愛応援ストーリー開幕！
電撃文庫